これならわかる「カラマーゾフの兄弟」

佐藤 優

JN110314

青春新書
INTELLIGENCE

本書は光文社古典新訳文庫版『カラマーゾフの兄弟1～5』（ドストエフスキー［著］、亀山郁夫［翻訳］）に準拠して解説を行っています。本書の引用部分に記載したページ数は原著のものです。

はじめに■プーチンは21世紀の「大審問官」だ

いま、ドストエフスキーの長編小説『カラマーゾフの兄弟』を読むべき理由は二つある。第一は、ロシアとロシア人の内在的論理を知るためだ。2022年2月24日のロシアによるウクライナ侵攻は、歴史の転換点となる大事件だと言える。ロシアはこれをウクライナに住むロシア系住民をネオナチ政権（ゼレンスキー政権のこと）から保護するための「特別軍事作戦」だと主張しているが、客観的に見て戦争だ。ロシアの行為は、ウクライナの主権と領土の一体性を毀損する国際法に違反する行為である。

しかし、プーチン大統領らロシア指導部だけでなく、大多数のロシア人もこの戦争はアメリカなど西側連合によるロシア国家解体の陰謀を阻止するために必要だと考えている。このロシア人特有の奇妙な論理を理解するには、『カラマーゾフの兄弟』の登場人物の心情を追体験することが効果的だ。

ロシアの特徴は、政治的、文化的、宗教的に完結した空間を形成しているところにある。言い換えるなら、ロシアは「閉ざされた世界」なのだ。帝政時代、ソ連時代を含めて閉ざされているのが常態だったこの帝国を変化させたのが、1985年にソ連共産党書記長に就いたゴルバチョフだった。ゴルバチョフはペレストロイカ（立て直し）政策を進め、外部世界への扉を少しずつ開き始めた。「開かれた世界」と相性のよくないソ連は、1991年12月に崩壊（実態は自壊）した。

旧ソ連は15の主権国家に分裂し、ロシアはエリツィン大統領の指導下で外部世界への扉を全開にした。その結果、政治、経済、社会のすべてに大混乱が生じた。現在のロシア人は、ソ連時代末期とエリツィン時代を「混乱の90年代」と否定的に評価している。エリツィンの後継者として2000年に大統領に就任したプーチンは、扉を徐々に閉じ始めた。そして2022年2月24日のロシアによるウクライナ侵攻で、扉はほぼ閉ざされてしまった。今になって振り返ると、1985年から2022年までの37年間は、ロシア史において外部世界に扉が開かれていた例外的な時代だったのだ。

「閉ざされた世界」に戻ってしまったロシア人の価値観や心情を知るためには、ドストエフスキーの小説に新たな光を当てる必要があると私は考えている。率直に言って、『カラマーゾフの兄弟』にまともな人物はほとんど出てこない。しかし、一見奇怪に見える言動をする人にも、その人なりの論理がある。それをつかむことができれば、私たちにとって他者であるロシア人とその集合体としてのロシアを理解することができる。プーチンについても、21世紀の大審問官だととらえれば、その内在的論理は理解可能だ。

『カラマーゾフの兄弟』を読む第二の理由は、ロシアの文脈を離れて、現代人の危機意識について深く理解するためである。近現代の特徴は、人間が神（神々や仏と言い換えてもいい）を古代人や中世人のような形で素直に信じられなくなってしまったことだ。神学用語ではこれを世俗化と呼ぶ。世俗化の時代においては、理性が優位を占める。しかし、この理性がどこまであてにできるのかについては大きな疑問符がつく。すべての人が理性的に行動するならやがて平和で豊かな社会を構築できるはずだが、人類は二度にわたる世界大戦を引き起こした。現在進行中のウクライナ戦争が第三次世界大戦に発展する可能性も排除されない。資本主義は空前の経済成長をもたらしたが、貧富の差も拡大した。またわれわれは、地球生態系が支えきれないほど自然からの搾取と収奪を続けている。この危機を超克するには人間の限界を自覚し、超越的なものを回復しなければならない。

一般にドストエフスキーは敬虔なキリスト教徒（正教徒）だと考えられているが、私の見方は異なる。ドストエフスキーの神やキリストに関する言及は過剰だ。過剰であるのは信じることができないからだ。ドストエフスキーは神を信じようと思っても、どうしても信じることができない現代人なのである。

神を信じることができない時代に、超越的なものを回復しようと懸命にもがいているドストエフスキーの内面世界を追体験することが重要だ。信じることはできないが、救われたいと強く望む人を神は決して見捨てることはない。私はそう考えている。

本書を上梓するにあたっては、『カラマーゾフの兄弟』（光文社古典新訳文庫版）から大量の訳文を使用することを許可してくださった亀山郁夫先生（名古屋外国語大学学長、東京外国語大学名誉教授）に深く感謝申し上げます。また、フリーランスライターの井上佳世氏と青春出版社の岩橋陽二氏にたいへんにお世話になりました。どうもありがとうございます。

2023年6月　曙橋（東京都新宿区）の自宅にて

佐藤優

目次

はじめに―プーチンは21世紀の「大審問官」だ 3

序章

ドストエフスキーと『カラマーゾフの兄弟』 12
『カラマーゾフの兄弟』の読み方 19
『カラマーゾフの兄弟』の構成 23

本編Ⅰ

1―著者より 26
2―第1編 ある家族の物語 40
第1編 「ある家族の物語」要約 41

本編Ⅱ

3 第2編 場違いな会合 49
第2編「場違いな会合」要約 49
4 第3編 女好きな男ども 62
第3編「女好きな男ども」要約 62
5 第4編 錯乱 74
第4編「錯乱」要約 75
6 第5編 プロとコントラ（大審問官①） 87
第5編「プロとコントラ」要約 88
7 第5編 プロとコントラ（大審問官②） 108
8 第5編 プロとコントラ（大審問官③） 125
9 第5編 プロとコントラ（大審問官④） 137
10 第5編 プロとコントラ（大審問官⑤） 147

本編Ⅲ

11 第6編 ロシアの修道僧① 168
第6編「ロシアの修道僧」要約 169
12 第6編 ロシアの修道僧② 180
13 第6編 ロシアの修道僧③ 202
14 第6編 ロシアの修道僧④ 219
15 第6編 ロシアの修道僧⑤ 239

本編Ⅳ

16 第7編アリョーシャ〜第8編ミーチャ〜第9編 予審 268
第7編「アリョーシャ」要約 269

本編V

第8編「ミーチャ」要約　275
第9編「予審」要約　280
17　第10編少年たち～第11編兄イワン～第12編誤審　288
第10編「少年たち」要約　289
第11編「兄イワン」要約　295
第12編「誤審」要約　302
18　エピローグ　308
エピローグ要約　309

編集協力　井上佳世
デザイン　小口翔平＋奈良岡菜摘＋須貝美咲（tobufune）
DTP　佐藤純（アスラン編集スタジオ）

序章

ドストエフスキーと『カラマーゾフの兄弟』

■軍人から作家へ

物語に入る前に、作者であるフョードル・ミハイロヴィチ・ドストエフスキーについて話しておきましょう。

ドストエフスキーはいつごろの人だと思う？　彼が生まれたのは1821年。日本では文政4年で、2年後にシーボルトが来日するころです。夏目漱石が生まれたのが1867年で明治維新の1年前。この年にマルクスの『資本論』が刊行されています。森鷗外が1862年生まれですから、ドストエフスキーは森鷗外が赤ちゃんだったときに41歳になっていた。それぐらいの時代の人です。

ドストエフスキーが生まれたのは、モスクワのマリア救貧施設病院の館舎で、現在はドストエフスキー博物館になっています。父のミハイルは慈善病院の医者でした。帝政ロシア時代、医者は役所に雇われていたので階級がつき、ミハイルは8等官。ロシアの官僚制度は全部で14等級あり、14等級が一番下です。母のマリアは商人の出身でした。

ドストエフスキーが10歳のとき(1831年)、父親がダラヴォーエ村とチェルマシニャ村の土地を買い、その地域の農奴たちを雇って土地からの収入で食っていきます。

そのころ、ドストエフスキーはドイツ文学に熱中していました。父親は息子に軍人としてキャリアの道を歩ませようとし、13歳からモスクワの寄宿学校へ入学させますが、この学校での生活が、ドストエフスキーにはあまり合わなかったようです。その後、17歳になると陸軍工兵士官学校に入学します。

その翌年、ドストエフスキーが18歳のとき、父親のミハイルがチェルマシニャ村で農奴に殺されるという衝撃的な事件が起こります。横暴な面が災いして自分が所有する土地の農奴に殺されたようですが、近年の研究では事故死の可能性も排除されないようです。

このときドストエフスキーは、ショックからてんかんを起こします。この病がその後の彼の人生につきまとうのですが、そのような状況でもドストエフスキーは勉強を続け、20歳のころには戯曲を創作します。

21歳で工兵士官学校を卒業して陸軍少尉になります。しかし、作家になりたいという思いを貫くために23歳のとき相続権を放棄し、軍隊を辞めて小説『貧しき人びと』の執筆を始めます。ここまでが、作家ドストエフスキーが誕生するまでの簡単な歴史です。

■シベリア流刑と隠された国家観

1845年、24歳で発表した『貧しき人びと』はものすごく評判が良かった。当時の有名な評論家たちが「社会の矛盾を突き、正義を訴えていく非常に立派な作家だ」と絶賛し、左派の作家として華々しいデビューを飾りました。

ところが、続く『二重人格』(『分身』)と『プロハルチン氏』はまったくの低評価。彼を買ってくれていた評論家ベリンスキーとの関係も悪くなり、ドストエフスキーは26歳のとき、社会主義者ペトラシェフスキーの主宰する会に出入りするようになります。これは今でいう中核派や革マル派のような過激派サークルです。

そして28歳のころ、ドストエフスキーは批評家ベリンスキーが作家ゴーゴリにあてた手紙を読み上げてしまいます。その手紙はロシア正教に対する批判的な内容を含むもので、公表を禁止されていたものでした。この出来事によって、ドストエフスキーを含むペトラシェフスキーの会のメンバー34人が逮捕されます。

その後ドストエフスキーは死刑判決を受けますが、死刑執行の寸前に恩赦になり、減刑されてシベリア流刑を言い渡されます。このときの体験は、ドストエフスキーの思想に重大な影響を与えました。「国家というものは、人を生かすことも殺すこともできる」という考え方が、彼の中で決定的になったのです。手紙の内容は、私の著書『生き抜くためのドストエフスキー入門』（新潮文庫）に詳しいので、興味のある方は読んでみてください。

逮捕される前のドストエフスキーは、国家は人を殺すことはできても人の魂まで支配することはできないと思っていた。ところが国家は人を殺すことも、人を生かすことでその魂を支配することもできる。つまり、国家の恐ろしさを知ったわけです。

私自身も鈴木宗男事件で逮捕され、最高裁で争った末に懲役2年6ヶ月、執行猶予4年の刑が確定します。予想しなかったことに、執行猶予の満期日が過ぎたとたん、それまで感じなかった強い恐怖心に襲われました。ドストエフスキーと同様に、国家は人を生かすことも殺すこともできると実感したのです。国家は硬軟両様の方法で国民に影響力を行使します。恐怖政治だけで人を従わせることはできません。

この事件のあとのドストエフスキーについて、ロシア文学者、翻訳家の亀山郁夫先生は「二枚舌」と表現しています。たとえば、パートナーに「愛しています」と毎日何十回も言ったらどうだろう？　あるいは、パートナーが同じようにふるまったらどう思う？　嘘くさいでしょう。ドストエフスキーの作品には神様についてのエピソードがとても多い。それから、皇帝がすばらしい、ロシア帝国がすばらしいと繰り返す。

過剰なものは嘘くさい。ドストエフスキーがこれらに対して過剰なのは、本当は神様を信じていないし、ロシア帝国をすばらしいとは思っていないからです。そんな心理状態を意識しながら読むことで、ドストエフスキー作品をより深いところで理解できます。

■長編を可能にした執筆スタイル

シベリアへ流刑となったドストエフスキーにとって、聖書は繰り返し自由に読むことのできる唯一の書物でした。この29歳から33歳までの4年間、徹底して読んだ聖書の内容が多くの作品に投影されています。

流刑を解かれたドストエフスキーは、セミパラチンスク（現在のカザフスタン）のシベリア守備大隊に兵卒として配属されます。そこで県庁役人の奥さんのマリアを好きになってしまうのです。また、その土地のウランゲリ男爵と懇意になり、知的刺激を受けたことで創作意欲を刺激されました。

ドストエフスキーが34歳のときにマリアの夫が亡くなり、翌々年、36歳でマリアと結婚。貴族の称号を回復します。このころ本の出版を願い出るもののまだ許可が下りませんでしたが、ペテルブルクへの移住を機に38歳で執筆活動を再開します。

1861年、40歳のときにオストロフスキーやグリゴーリエフといった気鋭の作家たちと交流を始めます。当時の作家たちのサークルに属していたのは20代がほとんどでしたから、40代のドストエフスキーはもういいおじさんでした。41歳ではじめて海外に行き、パリやロンドン、ケルン、ジュネーブなどを訪れますが、海外への興味はさほど起こらなかったようで、帰国後はサンクトペテルブルクに移り住みます。

そこで非常に気性の激しい作家志望のアポリナーリヤ・スースロワという女性にひかれておつき合いをするようになりました。ドストエフスキーには、常にいろいろな形で女性の影があります。その後、妻マリアと兄ミハイルが続けて亡くなり、アポリナーリヤとの関係も悪くなってしまいます。

45歳で『罪と罰』の新聞連載を開始。このときやり手の悪徳出版社とかかわり、「1年以内に長編小説を書かなければ既刊と今後出版する本の全印税を譲渡する」という契約を交わし、お金を借りてしまいます。ドストエフスキーは、海外で覚えたルーレット賭博にはまっていたのです。

ただし、『罪と罰』の連載もあるので執筆の時間がない。長編小説の締め切りは2週間後に迫っている。その中で書ける題材は博打しかないということで構想を練り、速記者に文字起こしをさせる口述執筆の手法を使います。締め切りギリギリで見事に『賭博者』を仕上げ、一生奴隷のように働くという最悪の事態を免れました。ドストエフスキーは、このときサポートしてくれた優秀な速記者アンナを好きになり、彼女を2番目の奥さんに迎え、以後は口述執筆のスタイルで著作に励むようになります。

その後、『白痴』『悪霊』といった長編小説を書き続けますが、相変わらず博打の借金で首が回りません。妻のアンナが偉大だったのは、借金とりをうまく追い払い、出版社に牛耳られないよう『白痴』『悪霊』を自費出版で売りさばくなどして、ドストエフスキーが創作に専念できる環境を整えたことです。

50代半ば入ったドストエフスキーは、かつて父親が購入した二つの村を訪ねたり、陪審員裁判の傍聴、修道院の長老との面会といった取材を重ねたりして、『カラマーゾフの兄弟』の構想にとりかかります。そして58歳のとき、1年かけて『カラマーゾフの兄弟』の前半（第1編、第2編）を書き、翌年に後半（第3編、第4編、エピローグ）を仕上げて前半のすべてが完結しました。『カラマーゾフの兄弟』は二分冊で刊行されます。

59歳になり（1880年）、ノートから床に落ちたペンをとろうとしたときに肺動脈が破裂し、ドストエフスキーは亡くなります。

『カラマーゾフの兄弟』の読み方

■登場人物の整理がカギ

2021年はドストエフスキーの生誕200年。翌年2月24日にはウクライナ戦争が始まったこともあり、ロシア文学への関心が高まってきているように感じます。ドストエフスキー作品には現代を生きるうえでのヒントが凝縮されており、不安定な時代にこそ注目を浴びます。ただ、人気作品には長編が多く、なかでも『カラマーゾフの兄弟』は全5巻と大ボリュームなため、これまでに挫折を経験した方も少なくないでしょう。

「『カラマーゾフの兄弟』を読み切るコツはありますか」と聞かれることがありますが、コツがあるとすれば、ひたすら読むということです。禅問答のように感じるかもしれませんが、それが唯一のコツなのです。

とはいえ、この世界的長編小説をより身近に感じるための、読み方のヒントをいくつかお伝えしておきましょう。

　ドストエフスキーの作品に難しさを感じる理由の一つに、登場人物の多さがあるかもしれません。しかも、それぞれの名前が作品中で微妙に変化することがあります。たとえば、カラマーゾフ家の長男であるドミートリー・フョードロヴィチ・カラマーゾフには、「ドミートリー」という呼び名のほかに「ミーチャ」という愛称があります。三男のアレクセイ・フョードロヴィチ・カラマーゾフの愛称は「アリョーシャ」です。

　本書でテキストとする光文社古典新訳文庫版（亀山郁夫訳）には、「『カラマーゾフの兄弟』の主な登場人物」を記した栞《しおり》が挟んであります。それを手元に置いて読んだり、フルネームと愛称を書き出して整理しながら読み進めたりするといいと思います。

　ロシア文学に触れるための基礎知識として、ロシアには「父称」があることを知っておいてください。ドストエフスキーの正式な名前は、フョードル（名前）・ミハイロヴィチ（父称）・ドストエフスキー（姓）。父のミハイルの名前がミハイロヴィチという父称に変化してミドルネームとなっているわけです。ちなみに、ロシア人が名字（姓）を呼ぶことはあまりなく、お互いの名字がすぐに出てこないなんてことはしょっちゅうあります。ロシア人の名前には要素が三つあると知っておくだけでも混乱を避けられるでしょう。

■要約と朗読の「体験型読書」

ひたすら読めば読み切れるようになっている要因として挙げたいのが、光文社文庫の場合は5巻の存在です。副題に「エピローグ付、四部からなる長編小説」とあるように、最後の5巻にはエピローグとともに、亀山郁夫先生による「解題『父』を『殺した』のはだれか」が収録されています。物語のダイアグラムや登場人物たちの性格と洞察といった、本作品を読み進めていく下地となる情報と視点がまとめられています。これは必読です。専門家のこうした先行研究を丁寧に読み込むことが、読書に奥深さを与えてくれます。

本書では、物語の展開や結末に注目するのではなく、要になる箇所を徹底的に丁寧に読んでいく形をとります。ドストエフスキーのほかの作品にも共通しますが、長編をザーッと読めるようになるには、まずゆっくり読む箇所を決めることが大切です。その部分を丁寧に読んでいくこと、そして作品内容について詳しい人の解説を受けながら読んでいくことが後々の速読、多読につながります。

『カラマーゾフの兄弟』でその要に当たるのが、「大審問官」（第2部・第5編「プロとコントラ」5「大審問官」）とゾシマ長老の来歴に関する部分（第2部・第6編「ロシアの修道僧」）です。これらの箇所は、原作から多めに引用しながら解説を進めていきます。これまで『カラマーゾフの兄弟』を読み切れなかった方は、本書を片手に原作の該当箇所に当たると、再読がスムーズになるでしょう。

また、本書はオンラインサロンでの講義がもとになっています。サロンでは、私からの一方的な解説ではなく、受講者のみなさんに編ごとの要約を担当していただき、原作を順々に朗読して作品の世界観を共有しつつ講義を進めました。本書では受講者の要約を掲載しますが、読者のみなさんも自分なりに要約をしてみることをおすすめします。

一つひとつの単語や概念を理解していないと、要約としてまとめることはできません。その作業を丹念に行うことで理解がグンと深まります。自分が好きな編でも、本書で中心となる「大審問官」や「ロシアの修道僧」でもかまいません。気になる箇所を徹底的に丁寧に読むことが大切です。また、原作を音読することも強くおすすめします。

本書は、古典名著を味わうための体験型読書の案内書です。では、『カラマーゾフの兄弟』を読んでいきましょう。

『カラマーゾフの兄弟』の構成

［1巻］

著者より

第1部

第1編　ある家族の物語

1　フョードル・パーヴロヴィチ・カラマーゾフ／2　追い出された長男／3　再婚と二人の子どもたち／4　三男アリョーシャ／5　長老たち

第2編　場違いな会合

1　修道院にやってきた／2　老いぼれ道化／3　信仰心のあつい農婦たち／4　仰心の薄い貴婦人／5　アーメン、アーメン／6　どうしてこんな男が生きているんだ！／7　出世志向の神学生／8　醜態

第3編　女好きな男ども

1　下男小屋で／2　リザヴェータ・スメルジャーシチャヤ／3　熱い心の告白——詩／4　熱い心の告白——一口話の形で／5　熱い心の告白——「まっさかさま」／6　スメルジャコフ／7　論争／8　コニャックを飲みながら／9　女好きな男ども／10　二人の女／11　もうひとつ、地に落ちた評判

［2巻］

第2部

第4編　錯乱

1　フェラポント神父／2　父の家で／3　小学生たちと知り合った／4　ホフラコーワ家で／5　客間での錯乱／6　小屋での錯乱／7　きれいな空気のなかでも

第5編　プロとコントラ

1　婚約／2　ギターを抱えたスメルジャコフ／3　兄弟、親しくなる／4　反逆／5　大審問官／6　いまはまだひどく曖昧な／7　「賢い人とはちょっと話すだけでも面白い」

第6編　ロシアの修道僧

1　ゾシマ長老とその客たち／2　神に召された修道苦行司祭ゾシマ長老の一代記より［長老自身の言葉をもとにアレクセイ・カラマーゾフがこれを編纂した／伝記的資料／（a）ゾシマ長老の若い兄について／（b）ゾシマ長老の生涯における聖書の意味について／（c）俗界にあったゾシマ長老の青年時代と、青春の思い出。決闘／（d）謎の訪問客］／3　ゾシマ長老の談話と説教より［（e）ロシアの修道僧とそのあるべき意義について／（f）主人と召使について。主人と召使は精神的にたがいに兄弟になれるか／（g）祈り、愛、異界との接触について／（h）人は同胞の裁き手になれるのか？　最後まで信じること／（i）地獄と地獄の火について、神秘的考察］

[3巻]

第3部

第7編 アリョーシャ

1 腐臭／2 そのチャンスが／3 一本の葱《ねぎ》／4 ガリラヤのカナ

第8編 ミーチャ

1 クジマ・サムソーノフ／2 猟犬《リャガーヴィ》／3 金鉱／4 闇の中で／5 突然の決意／6 おれさまのお通りだ！／7 まぎれもない昔の男／8 うわ言

第9編 予審

1 官吏ペルホーチンの出世のはじまり／2 パニック／3 魂は苦悩のなかを行く 第一の受難／4 第二の受難／5 第三の受難／6 検事はミーチャを追い込んだ／7 ミーチャの大きな秘密、一笑に付された／8 証人尋問、餓鬼《がきんこ》／9 ミーチャ、護送される

[4巻]

第4部

第10編 少年たち

1 コーリャ・クラソートキン／2 子どもたち／3 生徒たち／4 ジューチカ／5 イリューシャの寝床《ベッド》で／6 早熟／7 イリューシャ

第11編 兄イワン

1 グルーシェニカの家で／2 悪い足／3 小悪魔／4 賛歌と秘密／5 あなたじゃない、あなたじゃない！／6 スメルジャコフとの最初の面会／7 二度目のスメルジャコフ訪問／8 スメルジャコフとの、三度めの、最後の対面／9 悪魔。イワンの悪夢／10 「やつがそう言うんだよ！」

第12編 誤審

1 運命の日／2 危険な証人たち／3 医学鑑定とくるみ一袋／4 幸運の女神がミーチャに微笑みかける／5 突然の破局／6 検事による論告。性格論／7 過去の経緯／8 スメルジャコフ論／9 全速力の心理学。ひた走るトロイカ。検事論告の締め／10 弁護人の弁論。両刃の剣／11 金はなかった。強奪はなかった／12 それに殺害もなかった／13 思想と密通する男／14 お百姓たちが意地を通しました

[5巻]

エピローグ

1 ミーチャの脱走計画／2 一瞬、嘘が真実になった／3 イリューシャの葬儀。石のそばの挨拶

本編 I

1 著者より

「アレクセイ・カラマーゾフをわたしの主人公と呼んではいるものの、彼がけっして偉大な人物ではないことはわたし自身よくわかっている」

■実践家・アリョーシャ

この本編Ⅰでは、『カラマーゾフの兄弟』の第1部（1巻）を読んでいきます。第1部は、「著者より」という5ページほどの文章から始まります。

わたしの主人公、アレクセイ・カラマーゾフの一代記を書きはじめるにあたって、あるとまどいを覚えている。それはほかでもない。アレクセイ・カラマーゾフをわたしの主人公と呼んではいるものの、彼がけっして偉大な人物ではないことはわたし自身よくわかっているので、たとえば、こんなたぐいの質問がかならず出てくると予想できるからである。

［１巻９ページ２行］

カラマーゾフの兄弟のうち、長男のドミートリーは情熱家で女性に目がなく、次男のイワンは冷徹な理論家、そして三男のアレクセイ・カラマーゾフ（アリョーシャ）は立派な宗教人、人格者というイメージです。

しかし、この「著者より」の冒頭でドストエフスキーはアリョーシャについて、「けっして偉大な人物ではない」と言っており、何かほのめかしているように感じられます。

あなたがこの小説の主人公に選んだアレクセイ・カラマーゾフは、いったいどこが優れているのか？　どんな偉業をなしとげたというのか？　どういった人たちにどんなことで知られているのか？　一読者である自分が、なぜそんな人物の生涯に起こった事実の探究に暇をつぶさなくてはならないのか？

なかでも、最後の問いがもっとも致命的である。というのは、その問いに対して、わたしは次のように答えるしかすべがないからだ。「小説をお読みになれば、おのずからわかることですよ」と――。

［１巻９ページ７行］

「小説をお読みになれば、おのずからわかることですよ」と言っていますが、実はこの小説は最後まで書かれていません。書き終わっているのは構想の半分に当たる「第一の小説」だけで、これは未完の作品なのです。後半の「第二の小説」に何が書かれることになっていたのか、どんな物語だったのかについては永遠の謎が残る。「謎解きカラマーゾフ」といった言葉が現代も繰り返し出てくるのはそのためです。

続編として構想されていた「第二の小説」では、「第一の小説」のアリョーシャとは異なる性質を持つ人物として描かれるであろうこと、アリョーシャは変わるだろうということが、ここからわかります。

しかし、読み終わったあとでもやはり答えが見つからない、主人公アレクセイ・カラマーゾフの優れた面に同意していただけないとしたら、どうするか。わたしがこんな言い方をするのは、残念ながら、そのことが前もって予想できるからだ。わたしに言わせると彼はたしかにすぐれた人物なのだが、そのことを読者にしっかり証明できるのか、じつのところきわめて心もとない。要するに彼は、たぶん実践家ではあっても、あいまいでつかみどころのない実践家なのである。

［1巻10ページ1行］

キーワードが出てきました。「実践家」です。アリョーシャは行動をする人なのだと言っていますが、「たぶん実践家ではあっても、あいまいでつかみどころのない実践家」だと。だから、彼は優れているが、そのことを読んでいるみなさんに証明できるかどうか自信がないと、わざわざ書いています。行動の意味が二義的、三義的にもとれること、つまり一つの言動に複数の解釈が生まれるだろうことを暗示しているんです。

複数の解釈ができることは、優れた文学作品の特徴だと言えます。テキストというものは、テキストができた瞬間に著者の手を離れる。読者にはさまざまな解釈をする権利があって、誤読する権利もある。それに対して著者は何も言えないいんです。

ドストエフスキーの作品はこうした特徴がことのほか顕著で、それをロシアのバフチンという文芸批評家は、「ポリフォニー」があると表現しました。ポリは「複数の」という意味の接頭語、フォニーは「声」。日本語では「多声性」と訳されます。

たとえば、ヤクザの親分が子分に「おまえ、ぜったいにやる(殺す)なよ」と強く言うのは、「やれ(殺せ)」という意味でしょう。表層で言っていることと、意味として言っていることは違うわけです。登場人物それぞれの考えや思いが独立して存在し、溶けあわずに響きあう。さまざまな声が行間から聞こえてくる。何が真意なのかを探りつつ話を追う。ドストエフスキーを読む面白さは、このような多義性を味わうことにもあります。

もっとも今のご時世、人々に明快さを求めるほうが、かえっておかしいと言うべきなのだろう。ただひとつ、おそらくかなり確実な点といえば、彼が、変人といってもよいくらい風変わりな男だということである。しかし風変わりであったり変人であったりするというのは、たしかにそれで世間の注意を引くことはあっても、むしろ害になるほうが多い。とくに、昨今の混乱をきわめる時代、だれもが個々のばらばらな部分をひとつにまとめ、何らかの普遍的な意義を探りあてようとやっきになっている時代はなおさらである。そもそも変人というのは、多くの場合、社会の一部分にして孤立した現象に過ぎない。そうではないか？

もしもみなさんがこの最後のテーゼに同意せず、「いや、そんなことはない」とか、「かならずしもそうとは限らない」とでも答えてくれるなら、わたしの主人公、アレクセイ・カラマーゾフのもつ意義について、わたしとしてはきっと大いに励まされる思いがするだろう。なぜなら、変人は「かならずしも」部分であったり、孤立した現象とは限らないばかりか、むしろ変人こそが全体の核心をはらみ、同時代のほかの連中のほうが、なにか急な風の吹きまわしでしばしその変人から切り離されているといった事態が生じるからである……。

［1巻10ページ7行］

アリョーシャはちょっと変わった人物だと言っています。でも、「今のご時世、人々に明快さを求めるほうが、かえっておかしいと言うべきなのだろう」とあるように、一義的に解釈できる人間などいないのではないか、というのがドストエフスキーの考えです。

この部分で語っていることは今もそのまま通用します。１５０年ほど前の小説だけど、やはり現代性があります。

■存在する二つの物語

もっとも、わたしはこんなくそ面白くもない曖昧模糊《あいまいもこ》とした説明にかまけず、序文なしでいきなり話をはじめてもよかったのだ。ひとは気に入れば、最後まできちんと読みとおしてくれるだろうから。

しかし、ここでひとつやっかいなのは、伝記はひとつなのに小説がふたつあるという点である。おまけに、肝心なのは二つ目のほうときていて、それはつまり、現に今の時代におけるわたしの主人公の行動である。しかるに、第一の小説はすでに十三年も前に起こった出来事であり、これはもう小説というより、主人公の青春のひとコマを描いたものにすぎない。

［1巻11ページ6行］

ドストエフスキーは全体の構想をここで明らかにしていて、この「第一の小説」はこの時点から考えると13年前の出来事であると。それは一つの物語として完結して、13年の時があっという間にすぎて「現代」の話になる。その二つの小説の内容や構成は全く異なり、二つのうち重要なのは「第二の小説」のほうだけど、それは書かれていないわけです。

しかしわたしからすると、この第一の小説ぬきですますわけにはどうしてもいかない。そんなことをすれば、第二の小説の大半がわからなくなってしまうからだ。そういうわけで、わたしが直面した最初のとまどいは、いよいよやっかいなものになってくる。もしもわたしが、つまり当の伝記作者であるわたしが、こんな地味でとらえどころのない主人公なら小説ひとつでも十分すぎるなどと考えるとしたら、ふたつの小説からなるこの一代記は、いったいどんなものにしあがるというのか。そもそもわたしのこういう厚かましい態度は、どう申し開きができるのか？

［1巻11ページ14行］

一人の人物について、二つの違う小説が成り立つなんていうことはありうるのかと問うています。でも、考えてみると、ドストエフスキーが初期に書いた『分身』や『二重人格』にも、ドッペルゲンガー的な要素は見てとれます。

みなさん一人ひとりで考えてみても、もしどこかで別の選択をしていたら別の人生になったと思うことはあるでしょう。その可能性は誰にでもある。だから、その別の人生を膨らませれば、またそれが一つの小説になる。要はこういう考え方をしているんです。

これらの問いに答えようにも、わたし自身混乱しているので、ここはいっさい解答なしで済ませることにする。むろん、勘のするどい読者は、そもそものはじまりからわたしがそういう腹づもりであったことをとっくに見抜いて、愚にもつかない御託《ごたく》をならべ、貴重な時間を費やしていることをいまいましく感じるばかりだったにちがいない。

［1巻12ページ5行］

なぜドストエフスキーは、ここで二つの物語が成り立つのかと言いつつ、「いっさいの解答なしで済ませることにする」なんて言っているのだろう。これをどう解釈するか。

これは読者に任せるということなんだけど、解答はイエスでありノーでもある。どういうことかというと、われわれ一人ひとりの現実の人生は一つだけど、現実とは異なる人生を頭の中で考えることはいつもできるよと。だから、可能性として考えるのであればイエスだけど、現実として考えるならノー。イエスとノーが両立するということです。

おそらく、世の中には必ずしもイエス、ノーだけでは答えられない問題があると言いたいのでしょう。

■ドストエフスキーの遺言

それに対してなら、こんどははっきりと答えられる。わたしがこうして愚にもつかない御託を並べ、むざむざ貴重な時間を費やしたのは、第一に読者への礼儀を念頭に置いてのことであり、第二に「これでまあ、打つべき手は打った」という、ずるい考えから来ているのである。

［1巻12ページ10行］

「『打つべき手は打った』という、ずるい考え」とはどういうことか。今まで読んだところから、一応の解釈は引っ張れます。

要するに、この小説にはたくさんの人が出てきて複数の物語が同時に進行するが、それは小説だからであり、その解釈は委ねますよと。なぜそういう構成になるのかということについて、一応種明かしはしておいたよということです。

人間というのは複雑な存在で、さまざまな可能性がある。その可能性を描くことが小説だから、小説の世界では一見インテグリティ（首尾一貫性）が崩れているように見えてもおかしくない。そういうことを言いたいのでしょう。だから、「打つべき手は打った」という種明かしで、「実際にこんなことはありうるの？」と言われても、「ないでしょ。だって小説だもん」と言いたいわけです。実際にあることだったら小説にはしませんよと。

『カラマーゾフの兄弟』の登場人物には、「普通の人」が一人も出てきません。現代でいうと、身心に何かしらトラブルを抱えている人たちだと言えるかもしれない。そういう人たちが織りなす世界だけど、これは小説だから、極端に表現することで人間は自分を省みることができる、ということです。

世の中というのは、ちょっと変わった人たちもいて成り立っている。そういう人たちを中心に物語を組み立てることで、同質的な人たちが大多数の世界では隠されてしまうものが見えてくる。ドストエフスキーはそのように考えているわけです。

たとえば、引きこもりの人がいるとしたら、むりやり働かせるのではなくサポートする方法を考える。すると社会に変化が起こり、成長する芽が出てくる。逆に、そういう人たちを完全に排除する社会をつくろうとすると、社会自体にひずみが生じます。

ドストエフスキーの作品は、崩れた人たちの世界だとも言えます。そうした世界を描くことで、人間の存在の根底に触れようとするのがドストエフスキーの小説の神髄です。

そうは言っても、この小説が「全体として本質的な統一を保ちながら」おのずとふたつの話に分かれたことを、わたしは喜んでいるくらいだ。最初の話を読みおえた段階で、読者のみなさんはこれから先、第二部を読みはじめる価値がはたしてあるかどうか自分で決めることになる。

［1巻12ページ14行］

「『全体として本質的な統一を保ちながら』おのずとふたつに分かれた」とは、存在としては同じ人だとしても、いろいろな可能性があるということですね。生きているといろいろな可能性があって、いろいろな局面がある。それを統一して理解できないのが、ひと昔前は精神分裂症と言われていた統合失調症という精神疾患です。

一般的に、人は個々の出来事に意味づけをして自分が自分であることを確認し続けていますが、それは脳の作用です。本当はバラバラの事象があるだけなのに、勝手に意味づけをしているにすぎないという面もあるのです。統合失調症の人は、個々の出来事がその人の中で独立して存在しているそうで、そのように物事をありのままの姿で見たほうが、世の中が豊かになり楽しく生きていける可能性もあります。

つまり、われわれは何らかの作用によって物語をつくり、統一されたものとして見ているのですが、本当はこの世界には統一されたものなんて何もなく、ただ混乱があるだけなのかもしれません。その状態がとても怖いから、われわれは物語をつくってきたのではないか。そうしたドストエフスキーの問題意識が垣間見える、非常に興味深い部分です。

むろんだれにも、なんの義理もないのだから、最初の短い話の二ページ目で本をなげだし、二度と開かなくたってかまわない。しかし世の中には、公平な判断を誤らないため、何がなんでも終わりまで読み通そうとするデリケートな読者もいる。たとえばロシアの批評家というのは、押しなべてそういう連中である。　［1巻13ページ2行］

「ロシアの批評家」とありますが、批評家ってどんな人？　批判と批評と論評はどう違う？　これは、日本語で翻訳したときに出たニュアンスの差で、本当は、クリティシズム（英語）とクリティーク（ドイツ語）は全部同じです。これらはすべて、まずある事柄を対象として認識し、認識したうえで自分の評価を加えるということです。

たとえば100％賛成という場合も、実は批判を行っています。日本語で批判的というとマイナスのイメージがあるので、それを避けるために批評や評論という言葉を当てるわけですが、その本質は同じです。マルクスが『資本論』の副題を「経済学批判」としたのは、経済学といえばアダム・スミスだけど、こうすれば学術的にもっと正確になるという自分の考えを加えたという意味からです。そもそも、全否定すべきものや意味の感じられないものは批判の対象にしません。時間の無駄ですから。

ドストエフスキーは、自分の小説をロシアの批評家は最後まで読んで、そのうえで自分なりの批判、批評、論評を考えてくれるだろうと期待しているんですね。

というわけで、そういう読者が相手だと、こちらとしてもじつにやりやすい。だが彼らの律儀さや誠実さをありがたく受け止めるにしても、わたしとしてはやはり小説の最初のエピソードでこの話を放り出してもよいよう、ごくごく正当な口実を提供しておく。

序文はこれでおしまいである。こんなもの余分だという意見にわたしは大賛成だが、書いてしまった以上は仕方がない、そのまま残しておくことにしよう。

では、さっそく本文にとりかかる。

［1巻13ページ6行］

本項の最後にちょっと難しい質問をします。ドストエフスキーはなぜこんな序文を書いたのだろう。普通、小説に序文なんてありません。しかも、これは小説の外側へ出て、制作意図や種明かしをしている。どうしてそんなことをしたのか。

いろいろな理由が考えられますが、まずは二義的、三義的に読んでほしいからでしょう。

アリョーシャに注目してほしいという考えがあったのかもしれません。でも、アリョーシャに注目してほしいなら、それは作品の中で示せばいい。ではなぜか。

ドストエフスキーは、「第二の小説」つまり続編を書ききれると思っていただろうか。これは、最近私が腎不全とがんを患っていることから感じるのかもしれませんが、おそらくドストエフスキーは健康不安を抱えていたはずです。すでに構想はあり、着手しているけど、「第二の小説」を書き終える前に死ぬ可能性があると感じていたのだと思う。

だから、もし「第一の小説」だけで終わってしまったとしても、これだけで完結したものとして読まないでほしいと、その先もあえて読者に提示したんじゃないかと私は思っています。それで、「第一の小説」が完成したあと、異例な形での序文というものが書かれた。ですから、この序文はドストエフスキーの遺言とも言えるわけです。

では、物語を読んでいきましょう。

2

第1部
第1編

ある家族の物語

「フョードルは、ほとんど無一文からなりあがった零細の地主で、よその家の食事にありつき、居候《いそうろう》としてうまく転がり込むことばかり考えてきたような男だった」

■カラマーゾフ家の面々

物語は、フョードル・カラマーゾフという成り上がり男の人生と、その3人の息子それぞれの生い立ちを描く「第1編　ある家族の物語」から始まります。主な登場人物がこの第1編でおさえられます。まずは、オンラインサロン受講者による要約をもとに物語を追っていきます。

第1編「ある家族の物語」要約

1 フョードル・パーヴロヴィチ・カラマーゾフ

アレクセイ（通称アリョーシャ）は、フョードル・カラマーゾフという成り上がり地主の三男として生まれた。父フョードルは謎の死をとげたことで今も有名である。若いころから、フョードルは分別のない非常識人として悪名高い零細地主だったが、名門貴族ミウーソフ家のアデライーダという金持ちで美しく聡明な娘と運よく結婚する。彼女は、大胆で皮肉屋のフョードルとの駆け落ちをロマンチックだと勘違いしていたが、結婚後すぐ間違いに気づき、長男のドミートリー（通称ミーチャ）が3歳になると、貧しい神学生と駆け落ちする。愛していなかった妻が出奔するとフョードルは内心大喜びしつつ、誰かれなく妻に捨てられたことを涙ながらに訴える一方で、妻から奪った財産で自宅をハーレムにし酒宴に明け暮れた。妻がペテルブルグの小屋で餓死したか病死したと聞くと、酔っぱらっていた彼は表に駆け出して、ルカの福音書（2章29節）を引用して神への感謝を捧げたというが、彼が子どものように泣いたという説もある。どちらもありえる。彼は妻の死を喜び、同時に嘆いたのかもしれない。どんな悪人でも素朴で純真な面も持っているものだ。

2 追い出された長男

妻が駆け落ちすると、フョードルは3歳の長男ドミートリーのことをすっかり忘れてしまった。放置された長男は1年間、下男のグリゴーリーに育てられるが、やがて母の従兄のミウーソフに見いだされ、親類のあいだを転々とし成長する。やがて彼は軍隊に入隊し、荒んだ生活を送るが、母の財産を自分が受け継いだと思い込んでいたので、成人したあとに父を訪ねて相続の詳細を聞く。父は彼を黙らせるために少額の金を渡してその場をごまかす。その後も、父は彼にいくらか送金したので、彼は自分が遺産を持っていると勘違いする。しかし4年後に財産目的で彼が父を再び訪ねると、母の遺産はすでにゼロ、それどころか金を前借りしたので自分にまったく相続権がないことも理解し、茫然自失となる。長男ドミートリーは、父が自分をだまそうとしていると考え、町に残り、父と戦うことに決める。

3 再婚と二人の子どもたち

フョードルは4歳の長男を捨てたあと、すぐに再婚した。その結婚生活は約8年間続く。後妻のソフィア・イワーノヴナは16歳の孤児で、フョードルが出張した先で出会った。彼は酒におぼれ、放蕩三昧な生活を送っていたが、投資のセンスがあり財産は増え続けた。彼はソフィアの後見人の意向を無視して、彼女と駆け落ちのように結婚したが、再婚後も、屋敷に商売女を呼び寄せて乱痴気騒ぎを繰り返すなど、後妻をぞんざいに扱った。結果、後妻ソフィアはヒステリーの発作をともなう神経症になるが、それでも次男イワンと三男アレクセイ（通称アリョーシャ）の二人の息子を出産する。三男が4歳のときに後妻ソフィアが死ぬと、息子たちは長男ミーチャと同様に下男グリゴーリーに預けられたあと、母の後見人であった将軍の未亡人に引き取られる。やがてその未亡人も亡くなるが、二人にそれぞれ1000ルーブルの教育資金を残す。次男は優秀な生徒となり、教会裁判についての論文で文壇の注目を浴びる。長男は、父との相続争いの仲裁に次男を頼り、呼び寄せたため、彼も父と一緒に暮らし始める。

4　三男アリョーシャ

長男ドミートリーが父親の家に引っ越してきたとき、三男アリョーシャは20歳になっていた。このとき長男は28歳、次男は24歳である。彼は、兄たちが来る1年ほど前から父の町の修道院で暮らしていた。彼は宗教的であるが、神秘的でも迷信的でもなく、ただ人間に対する寛大で生来の愛を持つ。他人と距離を置く傾向はあるが、平穏な性格で誰からも好かれている。性的に非常に潔癖で異性やセックスの話題をまったく受けつけない。彼は父を愛し、批判せず、親切にしたので、父と急速に親しくなる。父は彼が後妻ソフィアの墓参りをしたあと、異例にも修道院に多額の寄付をする。三男が修道院に入り、65歳のゾシマ長老に師事すると告げると父は感傷的になる。

5 長老たち

三男アリョーシャは、兄たちの来訪に感動する。長男ドミートリーとはすぐに打ち解けるが、次男イワンは冷たい知的主義で他人との距離を置いているように感じる。三男は、次男が内なる目標に向かって奮闘し、外界に無関心であることを感じ取っている。長男と次男はまったく似ていないが、アリョーシャは長男が次男を賞賛していることに気づく。長男は父と遺産相続で揉めており、父の思いつきによりゾシマ長老の庵室で家族会議が行われることが決まる。高位聖職者が両者の仲を取り持つことが期待されるが、三男は、真面目なのは長男だけで、父は悪ふざけで茶番を演じ、無神論者の次男は野次馬根性で参加すると見抜いており、ひとり苦しむ。

（要約・芝崎正恵）

■ゾシマ長老とアリョーシャ

ドストエフスキーは、「1 フョードル・パーヴロヴィチ・カラマーゾフ」でフョードルについてこう書いています。

フョードルは、ほとんど無一文からなりあがった零細の地主で、よその家の食事にありつき、居候《いそうろう》としてうまく転がり込むことばかり考えてきたような男だった。（中略）
念のためにいっておくが、これは愚かさというのとは少しちがう。それどころかこういう非常識な手合いは、大半がなかなか頭も切れる抜け目のない連中で、ちなみにここでいう分別のなさというのは、なにかしら特別の、ロシア的なといってもよい資質なのだ。

［1巻16ページ11行］

「分別のなさ」が「ロシア的なといってもよい資質」と言っています。「分別のなさ」をわかりやすく言うと、「極端に走る」ということです。たとえば、最初は非常に熱心な信者だったけれど、そこから極端な方向に走って無神論者になるとか。フョードルに限らず、『カラマーゾフの兄弟』に登場する人たちはみんな極端な人たちだから、それを指してロシア的な気質だと言っているのでしょう。フョードルという男はもともと淫蕩生活をしていましたが、裕福な女性と結婚し、投資の才能を発揮することによって這い上がってきた上昇志向の強い人間です。そして、多くの場面で「分別のなさ」を見せます。

ペテルブルグにいる妻が死んだという知らせが彼女の実家に入ったのは、まさにそのときだった。彼女はどこぞの屋根裏部屋で急死したのだが、チフスで死んだという説もあれば飢え死にらしいという話もあった。酔ったまま妻の訃報に接したフョードルは通りに駆け出し、うれしさのあまり両手を天に差し出しながら、「今こそあなたはこの僕《しもべ》を安らかに去らせてくださいます」（ルカの福音書、二章二十九節）と叫びだしたという。

［1巻22ページ8行］

妻の急逝を聞いたフョードルが「うれしさのあまり両手を天に差し出しながら」叫んだ、ルカによる福音書の「主よ、今こそ、あなたはみ言葉のとおりにこの僕を安らかに去らせてくださいます」という一節は、お葬式の定型フレーズです。これは、フョードルが敬虔だということではなく、本心がどこにあるのかわからない男だということを表現しているのでしょう。つい体が動いてこういうふるまいをしてしまうのが「ロシア的」なのです。「5　長老たち」では、修道院に入った三男アリョーシャが師事し、心酔しているゾシマ長老について書かれています。

この長老とは、司祭、すなわち神父なのかそうじゃないのか。この場合、修行している人たちのことを指しており、教会の制度の中で長老という形で位置づけられているだけで、神父の資格を得ている人たちとは限りません。いわばアマチュアの宗教人です。だから、教会のヒエラルキーと長老の関係はいつも緊張しています。

これはロシア正教に多く、セルビア正教会やルーマニア正教会にもこうした人たちはいます。自分で勝手に庵の中に入って、「長老です」と言っていればそうなれる。ロシアの修道院には修道会という組織がないので、修道院自体が個々に確立しているのです。

この公案、すなわち長老制度は、なんらかの理論によって構築されたものではなく、東方正教会での千年にわたる実践の場において生みだされたものである。長老に対して果たすべき義務は、ロシアの修道院でいつも行われてきた、当たりまえの「服従」とはわけがちがう。ここに認められるのは、長老にしたがう人々の永遠の懺悔であり、命令するものとしたがう者を結ぶ絆は、決して断ちきることができないのである。

修道院の歴史は、キリスト教が313年にミラノ勅令で体制化したとき、それを潔しとせず、砂漠の中に隠れ住んでいたグループに由来します。キリスト教の異端運動になる可能性がある人たちを教会内にとどめるために隔離しておいたわけです。ロシアにおける修道僧は、制度化した教会に対して革命運動の拠点になりうると考えられていました。

［1巻70ページ1行］

ゾシマ長老は御年《おんとし》六十五歳。地主一族の出身で、ごく若い頃は軍役につき、コーカサスで尉官を務めていたこともあった。長老はうたがいもなく、その魂のなにか特別な資質によってアリョーシャの心をうった。

［1巻72ページ11行］

アリョーシャはゾシマ長老に気に入られ、寝起きをともにすることが許されます。フョードルと長男のドミートリーは折り合いが悪く、ドミートリーと次男のイワンも険悪な関係にある。二人の兄が久しぶりに帰郷したことで顔を合わせたカラマーゾフ家が、長老ゾシマの庵室で家族会議を行うことになります。

3

第1部
第2編

場違いな会合

「神父さん、あなたがたはね、民衆の生き血を吸っているんだよ！」

■修道院での騒動

続いて「第2編 場違いな会合」を読んでいきます。

第2編「場違いな会合」要約

1 修道院にやってきた

長老との面会は、8月の終わりのよく晴れた日だった。

馬車に乗り、修道院に向かっているのは、父フョードルと次男イワンで、長男ドミートリーは、あらかじめ会合の時間を伝えていたにもかかわらず遅刻していた。

そして、カラマーゾフ家の遠縁に当たるピョートル・ミウーソフと、その同伴の20歳ぐらいの好青年ピョートル・カルガーノフも馬車で修道院に乗りつけた。ミウーソフは30年近く教会に行っておらず、修道院を訪れるのもはじめてであった。

4人が修道院の門からゾシマ長老のいる僧庵まで歩いていく途中、頭が少し禿げ上がった年配の紳士が近づいてきた。紳士はトゥーラ県の地主マクシーモフだと自己紹介をし、少し立ち話をして立ち去った。「フォン・ゾーンに似ていますな」。フョードルは、唐突にマクシーモフの印象を口にした。ミウーソフは、フョードルの道化のような言葉に苛立ち、修道院での会合に不安を覚える。

2 老いぼれ道化

一同が僧庵に到着すると、そこには、学識豊かなパイーシー神父と神学生のラキーチンが、ゾシマ長老のお出ましを待っていた。まもなくゾシマ長老は、見習い僧でカラマーゾフ家の三男アリョーシャをともなって部屋に入ってくる。ミウーソフは、長老をひと目見た瞬間から気に入らず、ますます不機嫌になっていく。会合が開かれると、フョードルは長老に向かって場違いな話を長々と始める。ミウーソフは、フョードルの愚にもつかないデタラメな作り話に、われを忘れて立ち上がってしまう。長老はミウーソフを慰め座らせるが、当のフョードルは、ますます調子に乗って作り話をしゃべり続ける。

3 信仰心のあつい農婦たち

ゾシマ長老は会合を中座し、待ち続けている信徒の面会に向かう。表玄関に立った長老は、押し寄せる20人ほどの女性に祝福を与え始め、女たちは感謝と恍惚の涙を流す。女たちは、それぞれの苦しみをゾシマ長老に訴えかける。民衆には無言の、忍耐づよい悲しみがあり、他方、外に破れ出てくる悲しみもある。「泣きくどく」のは、けっして癒やされることのない傷を自らたえず刺激していたいという要求なのである。

4 信仰心の薄い貴婦人

身分の高い人のために用意された別室では、地主で未亡人のホフラコーワ夫人と、その娘で、両足の麻痺を患う14歳のリーズが、ゾシマ長老のお出ましを待っていた。ゾシマ長老が、アリョーシャをともなって入ってくると、ホフラコーワ夫人は、娘リーズの足が長老の祈りによって良くなっていることの礼を述べるが、来訪の真意は、カラマーゾフ家についてのゴシップ的な好奇心にある。夫人はリーズをうながし、カテリーナからの手紙をアリョーシャに渡し、『カテリーナがアリョーシャに、すぐにでも会いたがっている』ことを伝える。ホフラコーワ夫人がゾシマ長老と話をしているあいだ、リーズは、幼なじみのアリョーシャを見つめ続け、アリョーシャを困惑させる。

5 アーメン、アーメン

再び、ゾシマ長老が庵室に戻ると、客人たちのあいだでは、活発な議論が交わされていた。その議論の主はイワンで、『教会が国家の中に位置するのではなく、国家が教会になる』というものである。その論をゾシマ長老が引き取り、国家が教会になった社会では、教会裁判が将来の犯罪を減少させることになると述べる。ミウーソフは押し黙って議論を聞いていたが、『社会主義的なキリスト教徒は、社会主義的なアナーキストやら無神論者やら革命家より恐ろしい』というパリ秘密警察の長から聞いた言葉を紹介する。

6 どうしてこんな男が生きているんだ!

みんながすっかり議論に夢中になっているところへ、不意にドミートリー・カラマーゾフが現れる。ドミートリーは、中背で筋骨たくましく、感じの良い顔立ちをした28歳の青年だが、その顔には、病的な色がにじんでいた。

父フョードルと、長男ドミートリーは、まさに今、妖艶な美人グルーシェニカをめぐって争っており、フョードルは長老に向かって、ドミートリーの非を訴えはじめる。『フィアンセの令嬢カテリーナがいながら、金の力でグルーシェニカを篭絡しようとしている』との父の言葉についにドミートリーの怒りが爆発する。

非難の応酬で、醜悪きわまりないドタバタ劇におよんだ騒ぎは、思いがけない形で落着した。長老がとつぜん席を立ち、ドミートリーの前でひざまずき、深いお辞儀をし、地面に額までつけたのだ。ドミートリーは顔をおおって部屋を飛び出し、他の客人も狼狽しながら部屋を出て行った。ゾシマ長老との会合のあとに、修道院長と客人たちとの食事会が予定されていた。しかし、フョードルは『自分は非常識なふるまいをしたあとで、食事会に出るわけにはいかない』と、欠席することをミウーソフに告げる。

7　出世志向の神学生

一方、アリョーシャは長老を寝室に導き、ベッドに腰かけさせた。ゾシマ長老は、『自分が亡くなったあとは、修道院を出て俗世で暮らすように』と、アリョーシャに遺言する。

アリョーシャは、食事会の給仕のために急いで食堂に向かうと、途中に神学生のラキーチンが待ち伏せしていた。ラキーチンはアリョーシャに親しげに話しかける。『ゾシマ長老のドミートリーへのお辞儀は、将来の犯罪を見通したためではないか』と分析する。

ラキーチンは、カラマーゾフの観察者として、ドミートリーやイワンの行動も分析し、自分の見立てを披露する。また、彼が将来、修道院にとどまらず、中央に出て雑誌に論文を発表する野心があることがわかる。

アリョーシャとラキーチンが話をしていると、遠くの食堂から、みんなが次々と走って出てくる様子が見える。ラキーチンは、カラマーゾフの大醜態が起こったことを察知する。

8 大醜態

修道院長の食事会は、イワン・カラマーゾフ、修道院と係争中のミウーソフ、好青年のカルガーノフ、地主のマクシーモフが揃い、和やかに始まったかに見えた。

しかし、その瞬間、帰ったはずのフョードルが突然現れ、道化役者さながら、ふてぶてしく長々と笑い出した。フョードルは、いったんは帰ろうとしたものの、長老のもとで自分が放った言葉を思い出したのだ。「誰もがおれを道化扱いしている。それなら、よし実際に道化を演じてみせようじゃないか」。

フョードルは、ミウーソフばかりか院長にもからみだし、たわごとを並べ立てたうえに、さらにたわごとを塗り重ねた。もはや抑えがきかず、ついに崖から飛び降りたのだった。

ミウーソフは部屋から飛び出し、カルガーノフもあとに続いた。フョードルは、『アリョーシャを修道院から引き取る』ことを宣言し、捨て台詞とともに食堂をあとにする。フョードルとイワンが馬車に乗り込むと、フォン・ゾーンとこけにされた自称地主のマクシーモフも、フョードルに吸い寄せられるかのように馬車に乗ろうとする。イワンは、何も言わずにマクシーモフを馬車から突き飛ばす。「出せ！」憎々しげにイワンは御者に叫んだ。

（要約・乾浩明）

■道化者

ゾシマ長老の僧庵で開かれた会合は、フョードルの道化的ふるまいや、ドミートリーの遅刻により収拾がつかなかった。ところが、ゾシマ長老がドミートリーの足もとにひざまずき、額を地面につけるという思いがけない行為によってお開きになります。

ここでは、その後、修道院長と客人による食事会の様子を記した「8　大醜態」を読んでいきましょう。次男イワンとともに食堂へ入ろうとしていたミウーソフがフョードルをどう見ていたかが書かれています。ミウーソフは、フョードルの最初の妻（ドミートリーの母）の従兄で、裕福な地主です。

彼はひそかにこう感じていた。《あの件で、少なくとも修道僧たちはどこも悪いところはない》彼は、修道院長の住む建物の階段でふいにそう考えた。《もしもここにもまともな人間（この修道院長のニコライ神父も貴族の出らしい）がいるなら、彼らにもっとやさしく愛想よく、丁重に接して悪いわけはない》《議論はやめていちいち相槌をうって、愛想のよさでひきつけ……そして……最後には自分が、あんなイソップ爺《じじい》の、あんな道化者の、あんなピエロの仲間じゃなく、他の連中同様、うかつにも罠にはめられたのだということをわからせてやろう……》

［1巻222ページ2行］

「あんな道化者」というのは、現代的に言えば、自分を笑い者にしてウケ狙いの行動ばかりしているような人間という感じです。

係争中の森林伐採や川の漁業権（それらがはたしてどこにあるのか、彼は自分でも知らなかった）を、今日にでもすっぱりと永久に譲ってしまおう、ましてそんなものにろくに値打ちもないのだから、修道院を相手どった訴訟もいっさい取り下げようと彼は心

に決めた。［1巻222ページ10行］

ミウーソフが抱えている係争は権利の話であって、商売や産業をめぐる話ではありません。家、田畑、遺産といったことが係争になるということは、資本主義は入りだしているけれど、まだ産業資本が根づいて動かない時代背景だということです。

修道院長による食事会の食卓は、豪華に準備されていました。

みごとに焼き上げられた三種類のパンとワイン二本、修道院で作られた立派な蜂蜜のはいった二つの瓶、近隣でも評判のいい修道院製のクワスが入ったガラスの大きな水差しが置かれていた。

（中略）食卓にはこのとき、五種類のメニューが用意されていたらしい。チョウザメのスープに魚入りのピロシキ、つぎに特別のみごとな味つけをほどこした蒸し魚、それに紅魚（チョウザメの総称）のカツレツ、アイスクリーム、コンポート、そして最後がフルーツババロアという取り合わせである。［1巻223ページ7行］

コンポートは、日本でいうとフルーツポンチみたいなものです。食卓はこういう豪華な料理だったわけだけど、特徴は肉がないということです。おそらく物忌みの日だったのでしょう。そういう日は魚料理しか食べないことになっています。

客人が揃ったところへ、修道院長が現れます。ミウーソフが歩み寄り、「もったいぶったうやうやしい口ぶりで」長々とこんなことを言うのです。

「ご招待にあずかった同行のフョードル・カラマーゾフさん抜きで、われわれだけで参りましたことをお詫び申しあげます。フョードルさんは事情により、やむを得ずこの食事会を辞退されました。ゾシマ長老の庵室におきまして、ご子息との不幸な身内あらそいで激昂され、およそ場所柄をわきまえない、ひとことで申しますなら、たいそう不謹慎な言葉をいくつか口にされたのです……それにつきましては、おそらく（彼は修道司祭たちをちらっと見やった）神父さまのお耳にも届いていることかと存じます。そういう次第でして、当の本人も自分の非を認めて心より後悔して恥じ入っておられ、どうしてもその恥に耐えられないとのことで、わたしやご子息のイワンさんに、心からのお詫びと悲しみ、反省の思いをあなたにお伝えくださいと頼まれました……要するに、のちほどその埋め合わせをさせていただき、今はあなたのご祝福を乞い、先ほどのことをどうか水に流していただきたいと希望されております……」

［1巻225ページ7行］

この長台詞はどんでん返しの伏線。なんと、帰ったはずのフョードルが舞い戻ります。

フョードルが修道院長の食堂に入ったのは、お祈りが終わり、一同が食卓のほうに動きだしたまさにその瞬間だった。敷居のうえに立ちどまり、一同をぐるりと見渡すと、不敵にも彼らの目をにらみながら長々と笑い出した。ふてぶてしい意地の悪い笑いだった。「みなさんはどうやら、このわたしがてっきり帰ったとお思いのようですが、このとおり、ちゃんとここにおりますよ！」食堂全体にひびく声でフョードルは叫んだ。

［1巻228ページ最終行］

フョードルという人間が登場すると場面がガラッと変わる。物語の中でトリックスター的な機能をはたしています。

■無神論的な知識人

フョードルのふるまいが、場をさらにかき回します。

懺悔はたしかに偉大な機密ですし、わたしだってそれには敬虔な気持ちを抱いていて、ひれ伏してもよいとまで思っている。ですが向こうの庵室じゃ、みんながいっせいにひざまずいて声にだして懺悔しているじゃないですか。

（中略）だめですよ、神父さん、あなたたちと一緒にいたら、きっと鞭身《べんしん》派に引き込まれてしまう……。そんなことになったら、わたしは宗務院に直訴状を書いて、息子のアレクセイを家に連れてかえりますよ……」

［1巻233ページ3行］

鞭身派というのはロシア正教から分かれた異端派の一つで、信徒たちは自らを鞭《むち》で叩いて信仰を深めます。また、あらゆる欲望を克服するためには、いったん性的な淫蕩《いんとう》や飲酒といったものを徹底的にきわめればいいという考え方が基本にあり、宴会や乱交パーティーを好んで行います。そこから出てきたのが、有名な怪僧ラスプーチンです。

つまり、ロシア正教の中で当時流行だった新宗教といった感じで考えればいいでしょう。この場面でフョードルは相当なけんかを売っています。たとえば、本願寺や比叡山延暦寺に行って、「あんたらはオウム真理教と一緒じゃないか」と言い放つようなイメージです。

「だめです神父さん、他人さまのパンをあてにして修道院にひきこもり、天国でのご褒美を期待するのはやめて、俗世で善行に励み、社会のためになることをやってくださいーーそっちのほうがずっとむずかしいんです。院長さま、わたしだってちゃんと話ができるんです。で、こちらではどんな食事がでるんでして？」

そういって、彼はテーブルに近づいた。「ファクトリーのワインにエリセーエフ兄弟商会の蜂蜜酒ですか、こりゃたいしたもんだ、神父さん！　なにしろウグイとはわけがちがうようで。こりゃまた、豪勢にボトルを並べたもんで、はっ、はっ、はっ！　だれがこんなもの持ち込んだんですかな？　勤勉なロシアの百姓たちがまめだらけの手で稼いだわずかばかりの金を、家族や国家の要は二の次にして、こっちに回しているんだ！神父さん、あなたがたはね、民衆の生き血を吸っているんだよ！」［1巻235ページ14行］

フョードルのこの物言いは、無神論的な認識に基づくものです。近代が世俗化する中で宗教が機能を失っているという意味において、フョードルは無神論的な知識人の一人だと言えます。この「第2編 場違いな会合」を読めばわかるように、『カラマーゾフの兄弟』の特徴の一つは、このような描き方で人間の極端さを浮き彫りにすることです。

4

第1部
第3編

女好きな男ども

「スメルジャコフは二十四、五歳といった若さながら、恐ろしく人づきあいの悪い無口な男だった。が、それも、内気で何かを恥ずかしがっているというわけでは断じてなかった」

■金、欲、恋

カラマーゾフ家の敷地には、召使用の離れがある。「第3編　女好きな男ども」では、この下男小屋に暮らす者やカラマーゾフ家をとりまく人物との人間模様が描かれます。

第3編「女好きな男ども」要約

フョードル・カラマーゾフの屋敷にはフョードルと次男イワン、そして召使用の離れにグリゴーリー夫妻と下男スメルジャコフが住んでいた。グリゴーリー夫妻は子どもがいなかったがフョードルの息子3人の面倒を見た。ある日グリゴーリーは、庭に立つ風呂場で口のきけない女と産み落とされた赤ん坊を見つけた。

その女はリザヴェータ・スメルジャーシチャヤという神がかりの女性でそのまま死に、赤ん坊がスメルジャコフで二人目の下男になる。

三男アリョーシャは父の家に向かう道中に、長男ドミートリーに会った。彼は自分が恥辱にまみれていると卑下しておれは虫けらだと涙した。

ドミートリーはずいぶん女遊びをしたと話す。それを聞いたアリョーシャは「僕も同じ」と言いドミートリーは驚く。「兄さんは同じ階段の13段目にいて僕はいちばん低いところにいる。低い段に足をかければいずれは上の段にも足をかけることになる。どのみち同じ」と言う。「足をかけずにいるべきか」と問う兄に、「そうだ」と答え「私は無理」と言う。

ドミートリーの婚約者カテリーナは、町の名士である中佐の次女だ。ドミートリーは彼女に無視されて「仕返しをしてやる」と思った。彼女は意思が強くプライドが高く高潔で知性と教養にあふれる女性だが、ドミートリーは自分にはどれもなく、仕返しをしたいだけだったと言う。

そして、中佐が公金横領の疑いをかけられ4500ルーブルを返す必要が出たときにドミートリーはその長女に「金を出すから、妹にとりに来させろ」と言う。後日、カテリーナが彼の家にお金をもらいに来たとき、彼は5000ルーブルを渡し礼儀正しくそのまま帰す。彼女は大変感謝した。

カテリーナはのちにお金を返し、手紙で「夫になってください」とドミートリーに告白するが、彼は自分が彼女とは釣り合わないと、その気持ちに応えない。次男イワンに自分のすべてを伝えてもらうために彼女のところに行かせたが、彼女に惚れてしまったと思い込む。彼女が愛しているのは自分ではない、自分は彼女よりゲスだと自分を卑下する。

ドミートリーはカテリーナから送金を依頼され、3000ルーブルを預かる。しかし、別件でグルーシェニカを訪れて惚れてしまい、その後お金を使い果たす。そしてアリョーシャに頼み、カテリーナに兄は卑しい人間でお金を使い果たしたことと、彼女のところには行かないことを伝えて、父から3000ルーブルを借り、彼女に返金してほしいと頼む。一方で自分はグルーシェニカと結婚するつもりと言う。実は、父もグルーシェニカに惚れており3000ルーブルを彼女にあげるために用意して待っていると聞いていたのだ。もし彼女が父宅に来たら父親を殺すと言う。

アリョーシャが父を訪問すると父は喜び、スメルジャコフの料理が美味しいことも話す。

スメルジャコフは人をばかにした態度で叱られると部屋の隅から横目でにらむ子どもだ

ったが、フョードルは彼を料理人にすることを決めてモスクワへ行かせた。

無口だったスメルジャコフが話し始めた。ロシア兵の捕虜がイスラム教へ改宗しなければ殺されるにもかかわらず信仰を捨てず死んだ話について、その状況では信仰を捨てても罪にならないと言う。信仰を捨てても、ありきたりで特別な罪にはならない。この程度で罰したらほとんどの人が罰せられる。だから許されるというのが彼の主張だ。

論争後、フョードルは、イワン、アリョーシャと議論していたが、アリョーシャの母の話題になったときに彼が母のようにヒステリーの発作を起こし、フョードルは驚く。

そのときグルーシェニカがいると思い込んだドミートリーが、広間に乱入し制止するグリゴーリーを殴り倒してフョードルの顔を蹴り上げた。そして彼はアリョーシャにカテリーナに今日のことを言うように頼み、父に縁切りだと伝え去る。

また、イワンはアリョーシャに翌朝会いたいと歩み寄ってきたが、アリョーシャは何か目論見があるはずと直感した。

アリョーシャがカテリーナを訪れたとき、彼女に何か異様な強い興奮にかられている印象を受けた。そして驚いたことにグルーシェニカが来ており、彼女にカテリーナは恋をしているかのように唇と手にキスをした。グルーシェニカはドミートリーのことは遊びで自分には好きな人がいると彼に言う約束をしたとカテリーナは述べる。しかし、グルーシェニカはそんな約束はしていないと裏切り、カテリーナは怒りくるう。

アリョーシャは帰り道にドミートリーに会う。カテリーナ宅での出来事を伝えると彼は最後に笑い崩れ、病的とも思える喜びの色を浮かべた。そして、おれはおれの道を行くと宣言し自分は価値がないから祈らなくてよいと言って去る。

アリョーシャは修道院に戻り、長老が自分を俗世に遣わした理由を考えていたとき、パイーシー神父に長老から課せられた務めが目的で俗的な快楽が目的ではないと言われる。

その後、リーズからもらったラブレターを読み幸せそうに笑って、今日会ったすべての人々のために祈り眠った。


（要約・山本恵亮）

■下男スメルジャコフ

離れの召使小屋には、グレゴーリー夫妻が住んでいます。グレゴーリーはフョードルの忠実な下男です。その妻であるマルファは、母親が亡くなり父親に見捨てられた長男ドミートリーと、後妻の子の次男イワンと三男アリョーシャを育てました。そして、カラマーゾフ家のコックで、複雑な生い立ちを持つスメルジャコフもこの夫婦に育てられたのです。

この物語のキーともいえるスメルジャコフについて語られる、「6　スメルジャコフ」を読んでいきましょう。

スメルジャコフは二十四、五歳といった若さながら、恐ろしく人づきあいの悪い無口な男だった。が、それも、内気で何かを恥ずかしがっているというわけでは断じてなかった。むしろそれどころか、傲慢といってもよい性格の持ち主で、すべての人を見下しているようなところがあった。

（中略）グリゴーリーの言にならうと「いっさいの恩を感じることなく」、世の中を隅っこからうかがうような人嫌いの少年に成長した。子どもの頃、彼は子猫を縛り首にし、そのあとお葬式のまね事をしたものだ。そのために彼は僧衣がわりにシーツをまとい、子猫の亡骸を見おろしながら歌ったり、香炉の代わりになにかを振りまわすのだった。すべては極秘裏にこっそりと行われた。

［1巻331ページ13行］

スメルジャコフが12歳になると、グレゴーリーは聖書を教えます。しかし、数度目の「授業」でふいに不敵な笑みを浮かべるのです。

「なんでもないんです。神さまが世界をお造りになったのは最初の一日目ですよね。で、太陽とか、お月さまとか、お星さまは四日目でしょう。だったら世界って、最初の一日目はどうやって光ってたんだろうって？」
［1巻333ページ6行］

スメルジャコフのこの鋭い問いに、グレゴーリーはおののきます。

グリゴーリーは棒立ちになった。少年はあざけるように先生を見ていた。その目にはなにか傲然とした輝きがあった。グリゴーリーはたまりかねて、「こうやってだよ」と一声叫ぶと、生徒の頰っぺたにすさまじいびんたを一発見舞った。少年はひとことも抗弁せずびんたに耐えたが、それから数日間、またしても部屋の隅に引っ込んでしまった。まさにそうした矢先だった。この事件から一週間後に、彼の身に生まれてはじめて、その後も長く彼の一生につきまとう癲癇《てんかん》の症状が現れたのだ。
［1巻333ページ9行］

てんかんという病は、ドストエフスキーのキーワードです。ドストエフスキー自身がてんかんを持っていたからでしょう。

スメルジャコフは、おそらくは「神がかり」と呼ばれたリザヴェータ・スメルジャーシチャヤとフョードルが関係を持ってできた子です。

リザヴェータは『身の丈一四〇センチそこそこ』しかない、たいそう小柄な女」で、「夏も冬も同じ麻の肌着を身につけたまま、裸足で歩きまわっていた」。「神がかりだというので町のどこにでも転がりこむことができた」。すでに母は亡く、「そのうち父親が死ぬと、彼女はかえってそのことで信心深い町じゅうの人々から、孤児として愛される存在になった」。

あるとき、「町じゅうの者が、リザヴェータがお腹を大きくして歩きまわっていることに気づいた」。「女を辱めたのは、ほかでもないあのフョードルだ」という噂が町に広がります。臨月のリザヴェータは、「カラマーゾフ家の塀も勢いよくはい登り、身重のからだに害がおよぶのも承知で飛び降りた」。

グレゴーリーとマルファによって赤ん坊は一命をとりとめますが、リザヴェータは亡くなります。この孤児はマルファに育てられ、「のちにフョードルはこの捨て子に姓まで考えてやった」。そして、カラマーゾフ家の料理番として雇われることになるのです。


スメルジャコフのなかで、何だかひどい潔癖さが少しずつ頭をもたげだしたというのだ。スープの前にすわり、スプーンでスープの中身をしらべたり、体をかがめてためつすがめつしては、中身をスプーンですくって、それを光にかざしたりしているという。

「油虫でも入っていたか?」グリゴーリーはなんども訊ねた。
「蠅でしょう、きっと」マルファは答える。(中略)
スメルジャコフのこの新しい資質を聞きつけたフョードルは、ただちに彼を料理人にすることに決め、モスクワへ修業に出した。
[1巻335ページ12行]

スメルジャコフが食事に虫が入っていないか何度も調べるという描写によって、極端な潔癖症であることを表現しています。いわゆるロシアの下男の感覚とは全然違うということです。この感覚が、フョードルのような醜いものは消してしまえという考えにつながる、「父親殺し」の物語の伏線になっています。

フョードルがリザヴェータと関係してできたのがスメルジャコフだとすると、カラマーゾフの兄弟は実は4人で、スメルジャコフは隠れた4人目の兄弟ということになります。兄弟の中で思想的に洗練されているのは次男イワンですが、それを粗野にした形で、しかもイワンに欠けた実践力を持っているのがスメルジャコフです。つまり、スメルジャコフとイワンは、事実上は双生児だと言えるわけです。

スメルジャコフはこの小説における鍵を握る人物で、彼は徹底した無神論者として造形されています。

彼はしばしば家のなかで、あるいは中庭や通りの真ん中でふと立ちどまり、何か考えごとをしながら十分ちかくも立ちつくしていることがあった。かりに人相学者がそんな彼の顔をのぞきこんだら、物思いも考えごとも彼はしていない、なにか瞑想にふけっているだけだと答えたことだろう。（中略）瞑想中の自分が抱いていた印象は、おそらく心のなかに深くしまいこんでいるのだ。（中略）多くの年月にわたってこれらの印象を溜め込んだあげく、ふいに彼はすべてを捨てて放浪と修行のためにエルサレムに旅立ったり、もしかすると故郷の村をとつぜん焼き払ったり、ことによるとその二つを同時に起こしたりするのかもしれない。

［1巻339ページ1行］

スメルジャコフがふと立ち止まるのは考えごとのせいではなく、何も考えていない瞑想状態にある。そのときの印象や想念を自分の中に溜め込んでいるのだという見方をします。そうして溜め込んだものが将来、爆発するかもしれない……とほのめかしています。

本編 II

5

第2部
第4編

錯乱

「彼はわかっていた。あの二等大尉は、この百ルーブル札をもみくしゃにし、地面に叩きつけようなど、最後の一瞬まで思ってもみなかったにちがいないと」

■読み解く二つの鍵

『カラマーゾフの兄弟』の中で特に丁寧に読みたいのが、第2部・第5編「プロとコントラ」の5「大審問官」と、ゾシマ長老に関する第2部・第6編「ロシアの修道僧」です。それらが含まれている第2部（2巻）をこれから取り上げていきます。

序章でもお話しした通り、本書は単なる物語の解説書ではなく、体験型読書の案内書となることを目指していますから、未読の場合は読む（できれば音読する）、さらに余裕のある人は自分で要約してみることをおすすめします。そのうえでこの先を読み進めていくと、ドストエフスキーの世界がより深く理解できます。

では、大審問官とゾシマ長老に関する部分の前段階、第2部・第4編「錯乱」の要約から読んでいきましょう。アリョーシャが心酔するゾシマ長老が衰弱し、修道僧たちが庵室に集まる場面から始まります。

第4編「錯乱」要約

ゾシマ長老の容態は重かった。庵室に集った修道僧の多くが長老の逝去の際に起こるであろう奇跡を期待するなか、アリョーシャは長老の説教を書き留める。長老は修行僧が修道院に隠遁する意味について語り、人間には罪があるという認識に到達することが目的だと教える。

途中友人に呼び出され庵室から一時退出したアリョーシャは、ホフラコーワ夫人からの手紙を手渡される。そこには長老の行った奇跡について書かれており、彼はその手紙をパイーシー神父に手渡す。その神父も手紙には感じるものがあったが、みんなにこの話を披露してくれるようにと書かれた夫人の懇願には慎重だった。

アリョーシャが庵室に戻ると長老は彼を呼び、家族のもとへ行くように言う。躊躇するアリョーシャだったが、自分を愛しているという長老の言葉を信じ彼は家へ戻る決心をする。去り際パイーシー神父から次のような助言を与えられる。俗世の学問によって聖なるものがほとんど消えた地上においても、キリスト教的なものは人々の中に生き続けていることを忘れるな、と。

アリョーシャが家に戻ると父親は、昨日ドミートリーに痛めつけられたせいで機嫌が悪かった。彼は、イワンがこの家に滞在しているのは、自分がグルーシェニカと結婚しないよう監視するためだと考えているようだった。当惑するアリョーシャに彼は、息子たちに財産を残すつもりはないこと、天国など信じていないこと、俗世を楽しみきるつもりでいること、そう開き直る自分こそ正直者なのだということをぶちまける。アリョーシャは別れの挨拶のあと、父親の肩にキスをして家を出る。

ホフラコーワ夫人宅に向かう途中、彼は子どもたちが6人がかりで1人に向かって石を投げているのを目撃する。あいだに割って入りいさかいのわけを聞こうとするが、的にされていた少年に石を投げられ、指を噛まれてしまう。アリョーシャは自分がきっとこの少年に以前何かしたにちがいないと思い訳を尋ねてみるも、彼は何も答えず泣きだし走り去ってしまう。

夫人宅を訪れたアリョーシャは、夫人の娘リーズに指のけがの手当てを受ける。話は昨日のラブレターのことにおよび、アリョーシャはリーズに真剣な愛を伝える。手当てが終わったあとで、彼は夫人から、カテリーナは実はイワンのことが好きだがドミートリーのことが好きだと思い込もうとしているのだと聞かされる。

彼はカテリーナとイワンのあいだに加わって話を聞く。その話しぶりからカテリーナがもうドミートリーを愛していないと直感するが、本人はドミートリーが誰と結婚しようが最後にはかならず自分のもとに帰ってくること、そのために自分は一生を捧げるつもりでいることを興奮しながら訴える。夫人がそのような思いは一瞬の感情の高ぶりにすぎないと諫めると、イワンがそれを否定する。そういう感情が永遠に続き、義務をはたしたという気持ちを糧に生きていくのがカテリーナという女性なのだと説く。話を聞いていたアリョーシャは耐えかねて、彼女は一種の錯乱でドミートリーを愛しているのであって、本当はイワンを愛しているのだと訴える。イワンは笑ってそれを否定し、彼女はイワンを愛していないこと、イワンを側に置くのはドミートリーから受けた屈辱を晴らすためだということ、本当に愛しているのはドミートリーであることを説いて聞かせ、夫人宅を出て行く。

悲しむアリョーシャにカテリーナがある仕事を依頼する。ドミートリーが一週間前に起こした暴行事件の相手の家に出向き、彼を訴えないよう見舞金として金を渡してほしいというのである。アリョーシャは彼女に言われた通り兄の暴行相手の家を目指す。相手はスネギリョフという退役軍人だった。道すがら彼は、先ほど自分の指に噛みついた少年はきっとこの男の息子だと確信する。スネギリョフの家は貧しく、彼自身ひどく卑屈な男であった。

家の中に通されたアリョーシャは先日の兄の愚行を謝罪する。アリョーシャの訪問の目的を知ったスネギリョフは、彼を家の外に連れ出す。

通りを歩きながらスネギリョフは先日の事件の仔細を語って聞かせる。立場上グルーシェニカを囲っている商人に知られるわけにもいかないので泣き寝入りを決めたこと、子どもがこの件でいじめられるようになったことを彼は訴えた。アリョーシャは父親を痛めつける兄に許しを請う子どもの姿を思い深く傷つく。彼は200ルーブルを彼に見せ、これがカテリーナからの金であることを打ち明けて、受け取ってくれるように申し出る。大尉はこの金があれば家族にどれだけのことをしてやれるかと話し、それを聞いてアリョーシャもすっかりうれしくなるが、大尉はその金を握りつぶして地面に叩きつけ、足で踏みつけてしまう。そして自分は名誉を売ったりしないと叫びその場を去る。アリョーシャは金を拾い上げ、事の首尾を伝えるためカテリーナの家へ向かう。

(要約・村上)

■「子ども」の機能

アリョーシャは、ゾシマ長老の庵室で友人から一通の手紙を受け取ります。それは、「ホフラコーワ夫人がアリョーシャにあてた奇妙な手紙」でした。ホフラコーワ夫人は、色恋沙汰に関する噂好きな裕福な未亡人で、足が不自由なリーズの母です。手紙には、ゾシマ長老のこれまでの「奇跡」が綴られ、「新たに実現したこの『予言の奇跡』を、修道院長はじめ修道僧全員にただちに披露してくれるよう、熱っぽい調子で懇願していた」。

アリョーシャが庵からホフラコーワ夫人宅へ向かう途中、小学生の一団と遭遇します。

坂下にある橋の手前に小さな人だかりをなしている小学生の一団が目に入った。彼らはいずれも九歳から、上はせいぜい十二歳ぐらいまでの幼い子どもたちばかりだった。（中略）

近づきながら、彼は子どもたちの赤い、いきいきした顔にながめいったが、そのうちふと、子どもがみな、手にひとつずつ、あるものはふたつ石を握っているのに気づいた。どぶ川の向こうの、一団からおよそ三十歩ほど離れた垣根のそばには、もう一人、少

年が立っていた。（中略）
ちょうどそのときだった。一同をめがけて飛んできた石が、左利きの少年の体をかるくかすった。的を逸《そら》したものの、じつに巧みで、エネルギッシュな投げっぷりだった。投げてきたのはどぶの向こうにいる少年だった。（中略）
　こうして六個の石が一団からいっせいに放たれた。そのうちの一個が少年の頭に命中し、少年は転んだが、すぐにはね起きると、一団をめがけ死にもの狂いで応戦しはじめた。双方の側から、絶え間ない石の投げ合いがはじまった。一団の少年たちも、ほとんど全員がポケットに石を用意していることがわかった。

［2巻46ページ9行］

　ここで触れたいのは、ドストエフスキー作品における子どもの機能です。いろいろな読みができますが、ドストエフスキーは必ずしも子どもを無垢な存在としては扱っていません。この場面でも、小学生の一団から石を投げられた少年はアリョーシャを狙っていて、その理由を尋ねるアリョーシャを憎々しげににらみつけ、中指に噛みつきます。

　中指に歯を食い込ませたまま、少年は十秒近くも放そうとしなかった。痛さのあまりアリョーシャは悲鳴をあげ、思いきり指をふりほどこうとした。少年はようやく指をはなし、もとの距離に飛びのいた。中指の爪の根元のあたりに骨に達するぐらいはげしく嚙まれた深い傷口があり、そこからたらたらと血が流れだした。［2巻55ページ1行］

アリョーシャに嚙みついたこの少年は、もしかしたら大人が理性で止めていることをストレートに表しているだけなのかもしれません。子どもは無邪気だといわれますが、他方で人間としては未熟で世の中の文脈がわからないために、非常に暴力的になるということを表しているのでしょう。

一方、スメルジャコフは猫を首つりにして葬式のまね事をしていました。これは動物虐待です。こうした子どもの暴力性は、ドストエフスキーの作品では散見されます。子どもを聖なるものとしては扱いません。作品の中で子どもがどういう機能を持ち、どういう役割をはたしているのかを注意しながら読んでいく必要があります。

■「心の動き」の巧みさ

長男ドミートリーが起こした暴行事件の相手は、退役軍人のスネギリョフでした。「たいそう貧しい人」で「勤め先でなにか悪いことをしてクビになった」男です。アリョーシャの中指を噛んだのは、スネギリョフの息子（イリューシャ）だったのです。

ドミートリーの婚約者であったカテリーナからのお見舞金200ルーブルを預かっていたアリョーシャは、スネギリョフに手渡そうとします。

「これをわたくしに、わたくしにこんな大金を、二百ルーブルものお金を！　こりゃ驚きました！　こんな大金、もう四年も目にしたことがありません、はあ！　妹からのとおっしゃるわけで……ほんとうにほんとうですか？」

［2巻141ページ12行］

スネギリョフは大喜びします。しかし……。

アリョーシャは彼を抱きしめようとした。それぐらい満足しきっていたのだ。が、相手の目をみて、彼ははたと思いとどまった。相手は首と唇を前に突きだし、まるで熱に浮かされたような青白い顔で立ちつくし、何かしきりに話したそうに唇をもごもごやっているのだ。声には出さず、ずっと唇をもごもごやっていて、なんとも異様な感じだった。

「どうされました！」アリョーシャはなぜかふいに身震いした。（中略）

「わたくしは……あなたさまは……で、いかがでしょう、これからひとつ、手品をお目にかけたいと思うのでございます！」（中略）

「ごらんなさい、これが手品ですよ！」二等大尉がふいに金切り声をあげた。彼は、二人がやりとりを交わしているあいだ右手の親指と人差し指の先でつまんでいた二枚の百ルーブル紙幣をアリョーシャの目のまえに差しだすと、なにやら凄まじいいきおいで鷲づかみにし、くしゃくしゃに丸めてから、最後はぎゅっと右手のこぶしに力をこめた。「いかがなもんです、いかがなもんです！」彼はアリョーシャに向かって金切り声をあげた。そして、熱に浮かされたような青白い顔でいきなりこぶしを振りあげると、もみくしゃになった二枚の百ルーブル札を、思いきりよく砂場に叩きつけた。「いかがなもんです？」彼はもういちど金切り声をあげ、指で紙幣をしめした。「ざっと、こんなもんです！……」

そして、いきなり右足を上げると、荒々しい憎しみをこめて踵《かかと》を紙幣に叩きつけ、一足叩きつけるごとにはあはあ息を切らし、声をあげた。

「こんなお金、こうしてやる！　こうしてやる！　こうしてやる！　こうしてやる！」それから彼は急に後ろに飛びのき、アリョーシャの前ですっくと背筋をのばしてみせた。その姿全体は、いわくいいがたい誇らしさを表していた。

[2巻147ページ13行]

スネギリョフは、なぜ最初から200ルーブルの札束を叩きつけなかったのか。最初は家族のためにお金をもらうつもりだったのでしょう。しかし、しだいに態度がゆらぎます。戦略的にふるまっているわけではなく、心の動きがそのまま表出しています。

これがドストエフスキーの描く人物の面白いところで、首尾一貫した行動をしているように見えても、動揺すると瞬時に逆の対応をとることがある。このような描写がフョードルでも他の人物でもよく見られ、それがこの場面でも非常に表現豊かに描かれています。

■アリョーシャとリアリティー

『カラマーゾフの兄弟』は、妖艶なグルーシェニカをめぐる父フョードルと長男ドミートリーのいさかい、ドミートリーのフィアンセであるカテリーナに想いを寄せる次男イワンの葛藤など、複雑な恋愛模様が絡み合う物語でもあります。

ホフラコーワ夫人宅の客間で、アリョーシャがイワンとカテリーナのあいだに割って入り、カテリーナの想いの丈を聞く場面があります。

声がふるえだし、まつげの涙がきらりと光った。アリョーシャは心のなかでぎくりと

した。この人はいま正直だし、真剣そのものだと彼は思った。《それに……この人はもうドミートリーを愛していない！》

［2巻79ページ4行］

また、アリョーシャはこんなことも言います。

「いまからドミートリーを呼んでください。いや、ぼくが探しだします。彼をここに来させて、あなたの手をとらせ、それからイワン兄さんの手をとらせ、あなたたちの手をひとつに結ばせるんです。なぜって、あなたがイワンを苦しめているからです。ひたすら彼を愛しているからです……で、兄を苦しめているのは、一種の錯乱でドミートリーを愛しているからです……まちがって愛しているからです……なぜって、自分でそう信じ込ませているからなんです……」

［2巻89ページ15行］

修道僧として生きようとしているアリョーシャにとって、女性に対する関心はほとんどないはずです。カテリーナに対してこんなことを言っていますが、カテリーナの複雑な心理が理解できるような恋愛体験を積んでいるわけもない。だから、アリョーシャはリアリティーに欠ける、非常に不気味な人物であるように見えます。

実を言うと、この作品の中でのアリョーシャという人物の造形は、失敗だとすら私は思っています。フョードル、ドミートリー、イワン、スメルジャコフ、それからグルーシェニカ、カテリーナにしても、リアリティーがあります。ところが、アリョーシャという人はとても表層的で、普通の人間ではないような不自然な感じがするのです。

もう一つ、気をつけて読んでほしいのは、人とやりとりをしているときのアリョーシャの様子です。彼は自分の意見をほとんど言わない。相手の言っていることをオウム返しにしているだけで、それであたかも会話が成り立っているかのように見えます。

この会話の技法は、話が合わないタイプの人や苦手な上司と話をしているときは結構役に立ちます。相手の言っていることをただ繰り返していればいいわけですから。

アリョーシャには、そうした不気味さやずるさがある。ゾシマ長老の中にも、今言った悪人性のようなものがあり、それを隠して自分を立派な人間に見せようとするこの二人は似たもの同士だと言えます。物語のもっと先に出てきますが、「聖人の遺体は腐らない」はずなのに、なぜかゾシマ長老の遺体は悪臭を放ち始めます。

ドストエフスキーの小説は、良い人は本当に良い人なのか、悪い人は本当に悪い人なのかを幾度も問い返し、しょっちゅうどんでん返しが起こるところに真骨頂があります。

6

第2部
第5編

プロとコントラ（大審問官①）

「彼は、しずかに、人に気づかれないように姿を現したが、不思議なことに人々はすぐその正体に気づいてしまうのさ」

■イワンの物語詩

本項目から「第5編　プロとコントラ」に入ります。要約を紹介したあと、「5　大審問官」をゆっくり詳細に読んでいきましょう。「大審問官」を一度丁寧に読んでおくと、ドストエフスキーの思想の核心を知ることができます。

1 婚約

（退役軍人スネギリョフの家から）ホフラコーワの家に戻ったアリョーシャをホフラコーワ夫人が出迎え、カテリーナが失神したあとひどく衰弱したと告げる。アリョーシャはリーズに、スネギリョフは明日になればカテリーナの200ルーブルを受け取ってくれるだろうと話す。そして、父とドミートリーは「地上的なカラマーゾフの力」を受けた凶暴な人間だが、その一族である自分も神を信じていないかもしれず、ゾシマ長老亡きあとはリーズのもとに戻り、結婚して死ぬまでずっと一緒にいると誓う。ホフラコーワ夫人は、二人の婚約を子どものお遊びとはねつけ、リーズの手紙を見せるよう迫る。アリョーシャは夫人の要求を拒む。

2 ギターを抱えたスメルジャコフ

アリョーシャは破滅に向かっている兄を救おうと、父の隣家の敷地に忍び込んでドミートリーを待つ。庭ではスメルジャコフが隣人の娘を相手にギターで弾き語りをしていた。スメルジャコフは自分の恵まれない出自や不遇をかこち、運さえ良ければ自分もモスクワで成功できるのにと嘆く。また、ドミートリーは些細な理由で人を殺せる人間だと話す。兄たちが昼食を一緒にとると聞いたアリョーシャは料理屋「都」に駆けつけ、一人でいたイワンと話を始める。

3 兄弟、親しくなる

イワンは30歳になるまでは自分の若さがあらゆる幻滅や嫌悪に打ち勝ち、ひたすら生き続けると宣言。「生きたいという強い願望は、カラマーゾフ家の特徴だ」と言う。イワンによると「ロシアの若者は神はいるか、不死はあるか、という全世界的問題を議論する。神を信じない連中は、社会主義国やアナーキズムを語り、新しい構成員による人類全体の改造について語り合う。だが、神の有無という問題は、三次元の概念しか与えられなかった人間の頭脳では理解できない。自分は神の目的や、いつか現れる永遠の調和、さらには無限をも信じる。が、神の世界は受け入れず、ぜったいに認めない。人は愚劣なら愚劣なほど本題に近づくものだ。愚劣は明晰の母。愚劣さは単純で実直だが、知恵は卑怯だ」「ひょっとするとおまえの力を借りて自分を癒やしたいのかもしれない」と、幼子のようにイワンは笑う。

4 反逆

イワンはさらに「身近な人間はとうてい好きになれない。好きになれるのは遠くにいる人間だけ」と言い、アリョーシャもゾシマが同じ話をしていたと語る。「人間に対するキリストの愛なんていうのは、もともとこの地上では起こりえない奇跡だ。そばにいても愛せるのは子どもだけだ。もし無垢な子どもたちまでがこの地上で苦しむなら、それはリンゴを食べた父親のせいで、彼らは父親の代わりに罰せられる。そんな理屈は地上の人間にはとうてい理解できない。おれは子どもが大好きだし、残酷で情熱的で好色なカラマーゾフ的人間は、えてして子どもが好きなものだ」。続いて、悲惨な末路をたどる私生児、非道な農夫に鞭打たれる家畜、使用人の子どもを愛犬に食いちぎらせる将軍、わが子にむごい折檻をする親などの例をあげるイワン。

イワンは弱者の苦しみについてこう語る。「世界はばかなことの上に成り立っている。これほどまでに子どもの犠牲を強いるのなら、なぜいまいましい善悪など認識しなければならないのか。おれは何もわからないしわかりたくもない。ただ事実ってものに寄り添っていたい。理解しようと思ったら事実を裏切ることになる」

「おれはこの世の楽園が見たい。残虐行為の加害者も被害者も、すべての生きるものが涙ながらに『主よ、あなたは正しい』と叫ぶ。認識の頂点が訪れ、すべてが説明される……。

だが、おれは人類を愛しているから、そんな調和は受け入れない。それよりおれは、復讐できない苦しみや怒りの方を選ぶ」

「他人を許す権利をもっている存在があるか」と聞くイワンに「罪なきただ一人の人がそうだ」と応えるアリョーシャ。そこでイワンは、自分が考えた物語詩を語りだす。

5 大審問官

16世紀スペインのセヴィリア、異端審問のさなかに「彼」が現れる。その正体はすぐ気づかれ、男は集まる群衆に奇跡を起こす。老いた大審問官は彼を逮捕させ、火あぶりを宣告する。

「おまえはすべてを法皇にゆだねたから、もう来なくていい」と告げる審問官。かつて砂漠で悪魔がキリストに示した三つの誘惑の中には、人類のその後が預言され、また、人間の本質の歴史的な矛盾が集約されている。人間存在の秘密は、たんに生きるということだけでなく、何のために生きるのかということにある。

キリストは奇跡による奴隷的な信仰ではなく、自由な信仰と愛を望んだ。しかし、人は反逆者としてつくられているものの、その実態は囚人であり、キリストが考える以上にか弱くて卑しい。選択の自由という身にあまる重荷に打ちひしがれた民衆は、神の真実にも異議を唱え、神の王国を崩壊させかねない。

キリストの狂気につき合いきれなくなった聖職者は、地上のパンと天上の永遠の褒美をえさに人を呼び寄せる。自由の苦しみから救ってくれる教会に人々は感謝し、みんなが幸せになる。かわりに善悪の認識の呪いを引き受けたごく一部の受難者が不幸になり、静かに死んでいく……。

「兄さんの話はイエス賛美であり、非難ではない。苦悩する審問院の姿は幻想で、カトリックの運動はすべて権力欲にすぎない」と反論するアリョーシャ。イワンは、自分流に人類を愛している老審問官のように、不幸で非力な人間の幸せを目指す秘密結社はすでにあると述べる。アリョーシャは兄がフリーメーソンではないかと疑う。

詩の最後、「彼」は無言のまま老審問官にキスをする。審問官は「彼」を追い出し、二度と来るなと命じる。キスの余韻は熱く燃えているが、老人が今までの信念を変えることはない。

「そんな地獄を抱いてどうやって生きていけるのか」と問うアリョーシャに、イワンが出した答えは「カラマーゾフの下劣な力があるからどんなことにも耐えていける」だった。どれだけ下劣に生きようとも「(神がいなければ)すべてが許される」のだった。

イワンにキスをするアリョーシャ。イワンは自分がアリョーシャを愛しているが、アリヨーシャの心に自分の居場所はないと言う。「これから何年も会わないだろうが、自分が三十近くになって死にたくなったらまた会いにくる」と告げ、家路につくイワンの右肩は、左肩よりも下がっていた。

6 いまはまだひどく曖昧な

イワンは、なれなれしいスメルジャコフへの嫌悪感を抱く。スメルジャコフはイワンに、グルーシェニカ（アグラフェーナ）が遺産目当てにフョードルと結婚する可能性を示唆する。彼はドミートリーに脅かされて、グルーシェニカが家に来た場合の寝室のノックの合図や、父が彼女のために3000ルーブル用意していることも漏らしていた。スメルジャコフは主人に恐ろしいことが起きると自分が共犯と疑われることを恐れ、イワンにも早く街を去るよううながす。

7 「賢い人とはちょっと話すだけでも面白い」

翌朝モスクワに戻るというイワンに、フョードルはチェルマシニャに寄ってひと仕事してほしいと頼み、かならずまた帰るように請う。スメルジャコフはイワンに「賢い人とはちょっと話すだけでも面白いというのは本当ですね」と言う。イワンはチェルマシニャ行きをやめてモスクワに向かう汽車に乗り、「おれは卑劣な男だ」とひとり言をいう。その日スメルジャコフは穴蔵に落ち、てんかんの発作を起こして瀕死の重体に陥る。グレゴーリーも重い病気にかかる。フョードルは今晩こそグルーシェニカが来ると確信して、甘い期待に満たされる。

(要約・田中美佳子)

■聖母マリアの万人救済

イワンは、自身の創作による物語詩を「おまえがその最初の読者というか、聴き手になるわけだ」と、アリョーシャに語って聞かせます。

「ただし、ここでも前置きなしってわけにはいかないんだよ、つまり書き手の序文なしってわけにはね、ちぇっ、困ったもんさ!」イワンは笑い出した。

「まるで一人前の作家きどりだもんな! さてと、で、いいか、おれのこの物語は十六世紀に起こるのさ、当時は、といっても、おまえも学校で勉強してすでに知ってるはずだよ、当時は詩作なんかで、天上の世界をこの地上に引きずりおろすのがちょうど流行《はやり》だ

った。（後略）

［2巻250ページ10行］

なぜ16世紀という時代を選んだのだろう。理由の一つに、ルネサンスの影響が及んできたことが考えられます。「天上で起きていることを地上に引きずりおろす」ことで芝居や物語、宗教詩がつくられていたのです。もう一つの理由として、16世紀になって異端審問が非常に激しくなったことが挙げられるでしょう。異端審問とは、信仰に反する教えを持つ疑いをかけられた者を取り締まることです。よく中世のカトリック教会によって行われたと解説されますが、弾圧が本当に激しくなったのは中世の末期においてです。

なぜかというと、1517年にルターが宗教改革を行ってプロテスタント教会ができたからです。カトリックから見るとプロテスタントは悪魔の手先で、プロテスタントから見るとカトリックは悪魔の手先。双方の教会で、魔女裁判がすごく増えていきます。こうした背景から16世紀に焦点を当てているわけです。

ダンテなんて持ち出すまでもないことさ。フランスなんかじゃ、裁判所の書記や、修道院の坊さんたちも、いろんな芝居を上演しては、聖母マリアや、天使たちや、聖人、キリスト、そして神さままで舞台上に引っ張りだしていた。（中略）

ヴィクトル・ユゴーの『ノートル・ダム・ド・パリ』なんかには、ルイ十一世時代のパリで、フランス皇太子の生誕を祝う、一般市民向けの無料の教訓劇が、市庁舎のホールで上演される場面があるくらいさ。あれは、《Le bon jugement de la très sainte et gracieuse Vierge Marie》(このうえなく神聖にして、心やさしい聖母マリアの正しい裁き)という題の芝居でな、聖母マリアがじかにお出ましになって、自分の口で《bon jugement》(正しい裁き)を下すのさ。(中略)たとえば、ある修道院で生まれた(むろんギリシャ語からの翻訳だがね)『聖母マリアの地獄めぐり』という物語詩なんか、『神曲』も顔まけの光景と大胆さに満ちてるんだよ。聖母マリアが地獄を訪れ、大天使ミハイルの道案内で地獄での苦しみをひとつひとつたどる。聖母マリアは、罪人や彼らの苦しみを目《ま》のあたりにするが、なかには、火の湖《うみ》に落とされた、ある非常に興味深い一群の罪人たちがいる。彼らの何人かは、火の湖に深く沈んだまま二度と浮かびあがれない、『神がすでに見棄てたもうた』連中なんかだ。

[2巻251ページ4行]

ここで注意しなければいけないのは、「聖母マリアが地獄を訪れる」というくだりです。ロシア正教にはこのような伝承がありますが、カトリックやプロテスタントにはまったく出てきません。ロシア正教の偽典にある物語です。偽典とは、キリスト教において正典と認められない文書のことです。

このロシア正教会の教典は、ロシアの民間信仰に強い影響を与えています。ロシアからすると、ビザンツ渡来のキリストは裁く神であって全然温かくない。むしろ怖い。それに対して、マリアはみんなを許してくれる人間という感じでぬくもりがある。これがロシアのマリア信仰とつながっていきます。だから、マリアは地獄をめぐってありとあらゆる人を許してくれるという一種の万人救済説が支持されてきたわけです。

■「彼」

マリアは、神に人々の救済を乞います。

聖母と神とのやりとりがめっぽうおもしろくてね。聖母は哀願し、引き下がろうとしない。そこで神が、その子イエス・キリストの釘で打たれた手や足を示し、『どうしてこの子を苦しめた者たちを、許すことができよう』って尋ねる。すると聖母は、すべての聖人、すべての殉教者、すべての天使、すべての大天使に向かって、こう命じるんだ。自分とともにひれ伏し、すべての罪人に分けへだてない慈悲を乞いなさい、とね。で、とうとう聖母の願いが通じて、毎年、聖金曜日から聖霊降臨祭までのあいだ、すべての責苦は差しとめられ、地獄の罪人たちは、ただちに神に感謝して叫ぶのさ。『主よ、このような裁きを下されたあなたは正しい』とな。おれがつくった物語詩だって、もしもそのころ発表されてたら、これと似通ったものになったろうな。で、おれの物語詩には、その彼が登場するんだよ。もっとも、この物語詩ではひとことも口をきかず、ただんに顔見せするだけだがね。

[2巻252ページ15行]

突然、青年の「彼」が現れる。これは誰だろう。

以前の亀山郁夫以外の訳では、「彼」はキリストとなっています。でも、この人物がキリストだとどこかに書いてある？　ロシア語ではキリストとはひと言も書いていません。イエス・キリストが登場するのはこの世が終わるとき、つまり最後の審判の前です。イエス・キリストが登場してしまったら、この世は終わらなければいけないというのがキリスト教における約束事です。ところが、この小説でこの世は終わっていないでしょう？　となると、「彼」がキリストなら、キリスト教のきまりでは違反になってしまう。あるいは、偽キリストということになってしまいます。

しかし、キリストを想起させる「彼」は偽キリストかもしれないというニュアンスが醸し出されていることで、多義的に読めます。これは、キリストと書かないでキリストと誤解させる、ドストエフスキーの巧みな書き方です。

「彼」にまつわる部分に限らず「大審問官」にはいろいろな読みがあるのですが、多くの人はあまり正確に読めていません。

その理由は二つあって、一つは日本においてキリスト教の知識がまだ深く浸透していないからです。もう一つは宗教の土着化という要素です。特にドストエフスキー作品は、ロシアの土着的な信仰を下敷きにしているため、一般的なキリスト教の知識だけではわかりづらい部分が出てきます。たとえば、雷が鳴ると神様が現れたと考えたり、クマは洗礼を受けて聖人の仲間になったと捉えたり、民間伝承と宗教を混交させています。

宗教の土着化というのは非常に大きな問題で、どの国も自国の文化と外来の宗教を混交してきたという歴史があるのです。

その彼が自分の王国にやってくるという約束をして、もう十五世紀が経っている。彼の預言者が『わたしはすぐに来る』と書いてから十五世紀だ。彼がまだ地上にいたとき述べたように『その日、その時は子も知らない。ただ父だけがご存じである』であって

も、人類はかつての信仰、かつての感動をいだいて彼を待ちつづけている。いや、その信仰は昔よりもむしろ大きいくらいだ。なぜって、天から人間に与えられた保証が消えて以来、もう十五世紀が過ぎているんだからな。

［2巻253ページ11行］

これはキリスト教の終末遅延という考え方です。聖書には次のように記されています。

「これらのことをあかしするかたが言われる、『しかり、わたしはすぐに来る』。アァメン、主イエスよ、きたりませ」

【聖書　ヨハネの黙示録22章20節】

「わたしはすぐに来る」と言って天に上がっていったわけです。すぐに来るって言うから、使徒たちは自分が生きているうちにキリストは再臨する、そして最後の審判が行われるのだろうと考え、文字を残しませんでした。それより、自分たちが救われるということを一人でも多くの人に伝えて、終末の日に備えさせようとしたのです。

ちなみに、キリストはヘブライ語の仲間であるアラム語（北西セム語）を話していました。ところが、この新約聖書はコイネーギリシャ語（共通ギリシャ語）ですから、書かれた時代はかなりあと、1世紀になってからです。

使徒たちは、キリストがすぐに来ると思っていたけど、1年待っても2年待っても30年待っても来ない。だいたい30年、40年経つと、使徒たちも60歳ぐらいになってくるでしょう。そうすると、「すぐに来ると言ったけど、もしかしたら自分たちの代では来ないかもしれない」と。だから、イエスから聞いた話を文字に残し始めるわけです。

最初はイエスの言行録で、断片的なものでした。でも、その次の世代になっても来ない。それじゃあ、イエスの言ったことをちゃんとテキストにしておかないといけないということになって、それが聖書になります。

少し解説すると、最初に聖書をつくったのは、ユダヤ教の神ヤーウェという唯一神で一種の悪魔。ユダヤ教と対決する形で、ルカによる福音書の一部とパウロ書簡だけをまとめて、マルキオンが独自の聖書としてつくりあげました。しかし、これは旧約聖書のヤーウエ(神)を悪とみなす異端的解釈なので、それはまずいということで、ユダヤ教との連続性を強調した聖書を正統派の使徒たちが編集し、それが今日の聖書になっています。

その時代から考えても、イエスが死んだのは紀元30年ころだから、すでに何年経っているのか。2023年現在では1990年以上経っていることになります。キリスト教徒はいつか終わりの日が来ると考えているから、これを終末遅延と呼ぶわけです。この小説は、こういう考え方をふまえて書かれていることを頭に入れておいてください。

■無意識の刷り込み

心が語りかけることを信じることだ
天からの保証はすでにないのだから

つまり、心が語りかけることに対する信仰だけがあったんだ！　たしかに、当時は奇跡もたくさんあった。奇跡的な治療をおこなう聖人もいたし、『聖者伝』によると、厳しい戒律を守っている義《ただ》しい人々のもとへ、聖母が自分から天くだったとされている。でも悪魔だってそうそう昼寝ばかりしてたわけじゃない。人々のあいだに、そういった奇跡の信憑性に対する疑いが早くも生まれはじめたんだ。ドイツ北部に恐ろしい新しい異端が現れたのはまさにそのときだった。『松明《たいまつ》に似た、大きな星が』つまり教会のことだが、『水源の上に落ちて、水は苦くなった』ってわけだ。

［2巻254ページ1行］

「ドイツ北部の恐ろしい新しい異端が現れた」というのはルターの宗教改革のことで、聖書に詳細があります。

さて、七つのラッパを持っている七人の天使たちが、ラッパを吹く用意をした。

第一の天使がラッパを吹いた。すると、血の混じった雹《ひょう》と火とが生じ、地上に投げ入れられた。地上の三分の一が焼け、木々の三分の一が焼け、すべての青草も焼けてしまった。

第二の天使がラッパを吹いた。すると、火で燃えている大きな山のようなものが、海に投げ入れられた。海の三分の一が血に変わり、また、被造物で海に住む生き物の三分の一は死に、船という船の三分の一が壊された。

第三の天使がラッパを吹いた。すると、松明《たいまつ》のように燃えている大きな星が、天から落ちて来て、川という川の三分の一と、その水源の上に落ちた。この星の名は「苦よもぎ」といい、水の三分の一が苦よもぎのように苦くなって、そのために多くの人が死んだ。

【聖書　ヨハネの黙示録8章6節】

テキストは、聖書のこれらの部分を下敷きにしています。黙示録の物語はチェルノブイリ原発事故によって、20世紀の終わりにソ連ですごく大きな影響を与えます。チェルノブイリとは、ロシア語で「苦よもぎ」という意味です。聖書ではポルイニという別の言葉を使っていますが、ロシア人がチェルノブイリと聞くと、聖書のこの箇所を思い出すのです。

「松明のように燃えている大きな星」とは原発のこと。これが事故を起こして川という川を汚染し、水が苦くなった。そして、多くの人が死んだ。これは、この世が終わるときの兆候の一つです。当時のロシア人たちが、チェルノブイリ原発事故によってソ連がもう持たなくなるんじゃないかと考えたのは、聖書的な刷り込みの影響もあったからです。

こういう感覚はすごく重要です。人間という生き物には、意識的な部分もあるし、無意識的な部分もある。無神論国家のソ連でもドストエフスキー作品などを通じて刷り込みが入ってくる。そう考えると、宗教にはそら恐ろしい力があると感じます。

で、これらの異端者たちは、奇跡を冒瀆的に否定しはじめた。ところが、そのまま信仰を失わずにいた連中は、逆にますますはげしく信じるようになった。人類は涙を流しながら、相も変わらず彼をもとめ、彼を待ちこがれ、彼を愛し、彼に望みをかけ、そして昔と同じように彼のために苦しみ、死ぬことを願ってやまなかった……

［2巻254ページ10行］

この部分を読むと、「彼」をキリストだと思うでしょうね。でも、キリストとはひと言も書いていないわけです。

……こうして人類は、何世紀にもわたって燃えるような信仰を抱き、『主なる神よ、われらの前に姿を現したまえ』と祈り、何世紀にもわたって彼に呼びかけてきたので、当の彼もはかり知れない憐れみにかられ、祈りつづけている人々のところへと降り立ってやろうという気になったわけだ。

[2巻254ページ13行]

「降り立ってやろうという気になった」というのは、キリスト教の考え方からしたらありえないことです。最後の日にしか出てこないはずのキリストが、途中で顔を出しているわけですから。でも、すでに地上にくだり、民衆と触れたがっているとします。

そんなわけで彼は、たとえ一瞬でも、民衆のもとに姿を現してやろうという気になった。悩み、苦しみ、汚辱にまみれながら、それでも子どものように自分を愛してくれる民衆のもとにだ。

(中略)彼はしずかに、人に気づかれないように姿を現したが、不思議なことに人々はすぐその正体に気づいてしまうのさ。

この物語詩でもここのくだりが最高のシーンのひとつになるだろうな。つまり、彼の正体がなぜ気づかれるのかということだ。民衆はもう抑えきれず、彼のほうに殺到し、ぐるりと彼を取りまき、人垣はどんどん厚くなって、やがて彼のあとについて歩き出す。彼は、かぎりない憐れみにみちた微笑をしずかに浮かべ、無言のまま人々のあいだを通りすぎていく。胸のなかでは愛の太陽が燃えさかり、栄誉と啓蒙と力が光のように瞳から流れ、人々のうえに降りそそぎ、彼らの心を、それに応える愛によってうちふるわせている。彼は人々に両手を差しのべ、人々を祝福し、その体どころか、衣服に触れるだけで治癒の力が生まれるのさ。

［2巻255ページ11行］

「彼」は、キリストと同じような数々の奇跡を起こしていると。そして、「この物語詩でもここのくだりが最高のシーンのひとつになるだろう」とまで言っています。

そのとき、子どもの頃から盲《めし》いだった老人が群集のなかから声をあげている。『主よ、わたしを治してください、そうすればあなたを観ることができます』。すると、まるで目から鱗が落ちるように、盲いの老人は彼の姿が見えるようになるんだ。民衆は泣きながら、彼が歩いていく地面にキスをする。子どもたちは彼のまえに花を投げ、歌い、彼にむかって『救ってください《ホザナ》！』と叫ぶ。『あの方だ、あの方ご本人だ』とみんなが口々に言う。『あの方にちがいない、あの方に決まっている』

彼はセヴィリア大聖堂の入り口に立ちどまる、と、そのとき、子ども用の白い小さな棺が、泣き声とともに寺院の中に運ばれてきた。棺には、さる著名人の一人娘である七歳の少女が納められ、その亡骸は花に埋もれている。『あの方があんたの子どもを甦らせてくれるさ』泣いている母親に向かって群集のなかから叫ぶ声がある。

棺の出迎えに外に出てきた大聖堂の神父は、胡散臭《うさんくさ》そうな面持ちで彼を見やり、眉根を寄せる。そのとき、死んだ子どもの母親の泣き叫ぶ声がひびきわたった。母親は彼の足もとにひれ伏し、『もしもあなたなら、わたしの子を生き返らせてください！』と彼に両手を差しのべながら叫ぶ。葬儀の列はそこで止まり、入り口に立つ彼の足もとに棺が下ろされる。彼は憐れみをこめて見つめ、その口がもういちど静かに『タリタ・クミ』、つまり『起きよ、娘』とつぶやくのだ。すると少女は棺のなかから起き上がり、座ったままでの姿で、驚いたように目を大きく見開きながら、にこやかにまわりを眺めやる。少女の両手は、棺にいっしょに納められた白いバラの花束を抱きしめている。

［2巻257ページ12行］

「タリタ・クミ」は、イエスが用いていたアラム語。「彼」もイエスと同じ言語で話していることで、聖書に記されている奇跡的な出来事が再現されていると表現しています。

7

第2部
第5編

プロとコントラ（大審問官②）

「ついに自分から悟るのだ。自由と、地上に十分にゆきわたるパンは、両立しがたいものなのだということを。なぜなら、彼らはたとえ何があろうと、おたがい同士、分け合うということを知らないからだ！」

■真か偽か

「彼」が群集の前で奇跡を起こしたあとの場面に進みましょう。

――群集のあいだから、動揺、どよめき、慟哭《どうこく》が起こった。そしてそのとき、聖堂の脇の広場を、枢機卿である大審問官がふいに通りかかるんだよ。

［2巻258ページ15行］

大審問官は枢機卿であると言っています。枢機卿というのは、ローマ教皇を選ぶ権利を持つ高位聖職者たちのこと。ローマ教皇は枢機卿の中から互選されますから、ローマ教皇になる資格のある超幹部だということです。さて、その大審問官はどのような人物なのか。

九十歳になんなんとするその老人は、長身で背筋がすっと伸び、頬はこけ、目はくぼんでいるが、その目はいまも火花のようなきらめきに満ちている。そう、老人がいま身にまとっているのは、昨日、ローマ教の敵どもを火あぶりにしたさい、群集の前で着飾っていた枢機卿用の豪華な衣装ではない。そうではなく、それはもう一介の修道僧が着る、粗末で古びた普段着にすぎない。彼のうしろからは一定の間隔を置いて、陰気な顔をした補佐たち、奴隷、『聖なる』護衛どもがつき従っている。

大審問官は群集の前で立ちどまり、遠くから観察している。彼はいっさいを目の当たりにした。足もとに棺が下ろされ、少女が生き返るのを見て、その顔がにわかにかきくもった。白髪のまじる濃い眉をひそめ、目は不吉な炎のように輝いている。

彼は指を差しだし、その者を召し捕れと護衛たちに命じた。　[2巻259ページ1行]

大審問官は護衛たちに「彼」を捕らえるよう指示し、牢屋に閉じ込める。そして、尋ねます。

『で、おまえがあれなのか？　あれなのか？』（中略）なぜ、われわれの邪魔をしに来た？　なんにしろ、おまえはわれわれの邪魔をしに来たのだし、それは自分にもわかっているだろう？　でも、ほんとうにわかっているのか。明日、何が起こるか？　おまえが何者かなど知らないし、知りたくもない。おまえがあれなのか、それともたんにその似姿にすぎないかなど。

［2巻260ページ7行］

イワンの語りを聞いていたアリョーシャが口を挟みます。

「ぼくにはよくわからないんです、イワン、それっていったい何のことです」黙って聴いていたアリョーシャがにこりと微笑んだ。「たんに、老人のとほうもない空想なのか、なにかの誤解、ちょっと起こりそうもないqui pro quo（人ちがい）なのか？」

［2巻261ページ4行］

ここで「偽キリスト」の可能性を示唆しているわけです。

「なんてったって相手は九十歳の老人だからね、とっくの昔、自分にとりついた思想で気が変になっていてもおかしくない。囚人の外見に圧倒されてしまったということもありうる。だからそれは結局のところ、死を目の前にして、昨日、火刑場で百人の異端者たちを火焙りにした興奮に浮かされる老人の、たんなるうわごとか幻にすぎなかったかもしれない。でもこの話がqui pro quoだろうが、とほうもない空想だろうが、おれたちにはどうでもいいことなんだ。問題なのは要するに、この老人が話をしなくてはならないってことだし、この九十年間ではじめて口を開く、九十年間黙りつづけてきたことを、やっと声に出して話そうとしている事実なんだよ」

「で、囚人も黙っているんですか？　彼を見つめたきりで、ひとことも口をきかないんですか？」

[2巻261ページ12行]

アリョーシャの問いかけは、重要かつ、この小説の非常に面白い箇所です。この問いにイワンが答えます。

「そうさ、何がなんでもそうでなくちゃいけない」イワンはまた笑い出した。「老人自身、その囚人は、むかし自分が言ったことに何ひとつ付けくわえる権利を持っていないと、相手に釘をさしているくらいだからな。いいか、少なくともこのおれに言わせると、ローマ・カトリックのもっとも本質的な特徴っていうのは、ここのところにあるんだ。つまり『おまえはすべてを法王にゆだねた。すべてはいまや法王のもとにあるのだから、おまえはもうまったく来てくれなくていい、少なくとも、しかるべきときが来るまでわれわれの邪魔はするな』ということさ。

［2巻262ページ6行］

ドストエフスキーはここで、「代行システム」について書いています。代行システムとは国家、政治家、官僚なりが民衆をすべて代行していくという考えで、この代行主義が民主主義の本質です。そして、これによって、人間が持つ根源的な自由が失われていると述べています。

人の根源的な自由は失われているものの、「それ以外に道があるか？」という問いかけをしているわけです。ここは、大審問官のテーマにからむ部分です。代行システムについては、またあとで触れます。

■三つの誘惑

イワンとアリョーシャの対話が続きます。

『おまえはそもそも警告とか注意とかを十分に受けていたはずなのに、それでもその警告にしたがわず、人々を幸せにするたったひとつの道をしりぞけてしまった。しかし幸いなことに、おまえはこの地上を去るとき、われわれにその仕事をゆだねてくれた。おまえは約束し、自分の言葉で断言し、結んだり、解《ほど》いたりする権利をわれわれに与えてくれた。だから、今となってはむろん、おまえがその権利をわれわれから奪うことなど考えられもしないことだ。いったいおまえはなぜ、われわれの邪魔をしにやってきたのか？』

［2巻264ページ12行］

「自分の言葉で断言し、結んだりほどいたりする権利をわれわれに与えてくれた」という一文は、何を示しているのでしょうか？

マタイによる福音書16章に、使徒の一人であるペトロに対してイエスが「あなたは岩である」と語った一節があります。ペトロは岩という意味です。イエスは「わたしはこの岩の上にわたしの教会を建てる」と、教会の礎石とするほどペトロを信頼していました。そして、「あなたには、天国の門を開けることができる鍵を与える」とまで言ったのです。それが、結ぶこともできれば解くこともできる権利の意味です。この部分には、ペトロがキリストの代理人であるというカトリックの考え方がベースにあります。


「でも、どういう意味です。警告や注意を十分に受けていた、っていうのは？」と、アリョーシャがたずねた。

「肝心なのはまさにそこで、そこのところを老人は答えなくてはならない。で、老人はこう続けるんだよ。恐ろしい、賢い精霊、自滅と虚無の悪魔が、偉大な悪魔が、かつて荒野でおまえと言葉を交わしたことがあった。聖書がわれわれに伝えるところだと、悪魔がおまえを《試した》ことになっている。それはそのとおりだったろうか？　悪魔が三つの問いのなかでおまえに告げ、おまえが退《しりぞ》けたもの、つまり聖書のなかで《誘惑》と呼ばれている問い以上に、真実なことがほかに言えただろうか。

事実、もしもこの地上で、かつてまぎれもない、雷のような奇跡がなしとげられたことがあるとすれば、それはこの日、この三つの誘惑の日なのだ。ほかならぬ、この三つの問いの出現にこそ、奇跡が隠されているのだ。

［2巻265ページ3行］

「聖書のなかで《誘惑》と呼ばれている問い」が三つあると言っています。マタイによる福音書の該当箇所を見ていきます。

さて、イエスは悪魔から誘惑を受けるため、〝霊〟に導かれて荒れ野に行かれた。そして四十日間、昼も夜も断食した後、空腹を覚えられた。すると、誘惑する者が来て、イエスに言った。「神の子なら、これらの石がパンになるように命じたらどうだ。」イエスはお答えになった。
「『人はパンだけで生きるものではない。神の口から出る一つ一つの言葉で生きる』と書いてある。」

次に、悪魔はイエスを聖なる都に連れて行き、神殿の屋根の端に立たせて、言った。「神の子なら、飛び降りたらどうだ。『神があなたのために天使たちに命じると、あなたの足が石に打ち当たることのないように、天使たちは手であなたを支える』と書いてある。」イエスは、「『あなたの神である主を試してはならない』とも書いてある」と言われた。
更に、悪魔はイエスを非常に高い山に連れて行き、世のすべての国々とその繁栄ぶりを見せて、「もし、ひれ伏してわたしを拝むなら、これをみんな与えよう」と言った。すると、イエスは言われた。「退け、サタン。『あなたの神である主を拝み、ただ主に仕えよ』と書いてある。」そこで、悪魔は離れ去った。すると、天使たちが来てイエスに仕えた。

【聖書　マタイによる福音書の4章】

これが、「誘惑と呼ばれている三つの問い」です。当時のロシアでは多くの人たちが聖書を暗記するぐらい読んでいたので、あえてくどくど説明しなくても聖書の物語を下敷きにしていることが伝わります。

ところが、現代の日本に生きるわれわれにとって常識ではない事柄が多いため、聖書を開きながらこの作品を読み進める必要があります。聖書との読み合わせをすることで、一見退屈に見える部分に引っかけや根拠があることを見つけられるのです。

さらに読みを深めてみたい人は、ウラジーミル・ソロヴィヨフというロシアの思想家（哲学者）の『三つの会話』を読むといいでしょう。反キリスト思想に基づいた物語が特におすすめで、それを読むと、ドストエフスキーがソロヴィヨフの影響も強く受けていることがわかります。思想家や小説家に共通していた当時のロシア的な問題意識もよくわかります。

この三つの問いのなかには、人類のその後の歴史がすべてひとつの全体にまとめられ、預言されているし、また地球全体におよぶ人間の本質の、解決しがたい歴史的な矛盾すべてを集約する、三つの姿が現れているからなのだ。

［2巻266ページ10行］

この三つの問いの中にその後の人類の歴史がまとめられ、預言されていると言っています。そして、「第一の問いを思い出してみろ」と、老人（大審問官）は「彼」に問います。第一の問いとは、「人はパンだけで生きるものではなく、神の口から出る一つ一つの言によって生きる」です。

■天上のパン、地上のパン

『おまえは世の中に出ようとし、自由の約束とやらをたずさえたまま、手ぶらで向かっている。ところが人間は単純で、生まれつき恥知らずときているから、その約束の意味がわからずに、かえって恐れおののくばかりだった。なぜなら人間にとって、人間社会にとって、自由ほど耐えがたいものはいまだかつて何もなかったからだ！

ところで、この灼熱したむきだしの砂漠に石ころが見えるな？ その石ころをパンに変えてみろ、そうすれば人類は、感謝にあふれるおとなしい羊の群れのようにおまえのあとから走ってついてくるぞ。ただし、おまえが手を引っ込め、自分たちにそのパンをくれるのをやめるのではないかと、いつまでもおののいてはいるがな』

［2巻267ページ6行］

自由を欲しがる人間たちに自由を与えたが、人間は自由をうまく行使することができないじゃないかと言っています。自由ほど耐えがたいものはこれまでなかったと。

石ころをパンに変えたら人々はおとなしい羊の群れのようについてくるとは、どういうことでしょうか。国が国民全員の食べ物を保障する。このシステムを現代的に言い換えるとベーシックインカムです。そういう世の中になると、人々は常に権力に対して恐れおののき、従順になってしまう。

これはドストエフスキーの社会主義批判で、こういう発想で原則的に社会主義に反対しています。社会主義的な制度をつくるのではなく、個々人が自分のまわりの人にやれることをやってあげる社会にしなければいけないと考えていたのでしょう。そのためには、人々の価値観が変わる必要があるという思想を持っていました。

おまえは知っているのか。何百年の時が流れ、人類はいずれ自分の英知と科学の口を借りてこう宣言するようになる。犯罪はない、だから罪もない、あるのは飢えた人間たちだけだ、と。『食べさせろ、善行を求めるのはそのあとだ！』。おまえに逆らって押し立てられる旗にはそう書かれ、その旗によっておまえの神殿は破壊される。おまえの神殿の跡地には新しい建物が建てられ、新しいバベルの塔が新たにそびえ立つのだ。といって、これまた前の塔と同じく、完成を見ることはないがな。

［2巻268ページ5行］

バベルの塔ってどういう意味だと思う？　「食べさせろ、善行を求めるのはそのあとだ！」と考える人たちが建てるバベルの塔とは？　これは社会主義社会を指していて、そういったものはけっして完成することはないというのがドストエフスキーの見方です。

が、それにしても、おまえはこの新しい塔の建設を避け、人々の苦しみを千年分、減らしてやることができたはずだ。なぜなら彼らは、その塔のために千年間苦しみぬいたあげく、結局はわれわれのもとへやって来るのだからな！

［2巻268ページ11行］

「その塔のために千年間苦しみぬいた」というのは、おそらくキリスト教の千年王国のことです。キリストの復活前千年の至福の楽園ができ、その終わりに最後の審判があるというキリスト教の考え方をひっくり返しています。つまり、千年間ひどい状態が続いたということです。

彼らはそのときふたたび地下の墓所《カタコンブ》に隠れているわれわれを探し（なにしろわれわれはふたたび迫害され、苦しみを嘗めているだろうからだ）、見つけだして、こう叫ぶことになる。『食べさせろ、なぜなら、天の火を約束したものはそれを与えてくれないからです』
［2巻268ページ14行］

カタコンベ（カタコンブ）とは、古代ローマでキリスト教が公認される前、みんなが集まって礼拝をしていた地下のお墓のこと。「食べさせろ」という人たちの集団は社会主義者の地下結社のようなものだという意味で、この言葉を使っているのでしょう。

そのときは、このわれわれが彼らの塔を完成させてやるのだ。なぜなら、塔を完成できるのは、食わせてやれるものであり、彼らを食わせてやれるのは、われわれだけだからだ、おまえのために。もっとも、おまえのためというのも、嘘にちがいないがな。

そう、人間どもは、われわれなしではぜったいに食にありつけない。彼らが自由でいるあいだは、どんな科学もパンをもたらしてくれず、結局のところ、自分の自由をわれわれの足もとに差しだし、こう言うことになる。『いっそ奴隷にしてくれたほうがいい、でも、わたしたちを食べさせてください』

こうして、ついに自分から悟るのだ。自由と、地上に十分にゆきわたるパンは、両立しがたいものなのだということを。なぜなら、彼らはたとえ何があろうと、おたがい同士、分け合うということを知らないからだ！

［2巻269ページ2行］

食べ物がたくさんあったとしても、人間はたがいに分けあたえることができない。腐らせたとしても全部自分で囲ってしまうのが人間だ。だから強制的に分配しないといけない。自由のままにしておいたら、一人で全部囲ってしまう。こう言っています。

たとえば、能力のある者がパンを100個持っているとしよう。しかし、たいていの者はそれを人に分けることはせず、腐らせてしまってもかまわないと思っている。人間とはそういう存在だから、自由を追求するととんでもないことになる。それを力によって抑えつけないと、すべての人間にパンが行き渡る生活を保障できるようにはならない。そのために、人間から自由を取り上げなければならない、これが大審問官の主張です。

これは、現在の格差問題や新自由主義につながるような発想です。新自由主義のもとでは、ものすごい富豪が出てくる一方で飢え死にする人も出てくる。こういう状態にならないように強制力で分配していく必要がある。

人間というのはそういうものだから、自由を与えても正しく行使できないという考えがドストエフスキーの資本主義批判の原点にあります。だとすると自由を制限した社会主義しかないのかと考えますが、ドストエフスキーはこのシナリオも嫌います。

そしてそこで、自分たちがけっして自由たりえないということも納得するのだ。なぜなら、彼らは非力《ひりき》で、罪深く、ろくでもない存在でありながら、それでも反逆者なのだから。

［2巻269ページ11行］

ここでの「反逆者」とは、神の教えを受け入れることができない人間のことです。パンを100個持っていても、それを分けあたえない。そういう行いが神への反逆になると。現代ならお金で考えればいい。お金をたくさん持っているなら、貧しくて苦しんでいる人にあげればいいじゃないかと。でも、みんな手元に少しでもお金を多く持っておきたいから、人間はなかなかあげられない。それはやはり神に対する反逆です。

自由を与えてしまうと富が公正に配分されない。だから、一定の格差があっても仕方ないけれど、働いても飢えるような状況や、人間らしい生活ができない人が出てくるような状況が改善できない社会というものをどう考えるか。

資本主義社会では、資本が自己増殖してどんどん拡大していきます。資本主義は何らかの相当に強い力が働かないとその動きを止めません。強い力とは何かと言えば、国家権力ということになってしまいます。


おまえは彼らに天上のパンを約束したが、もういちど言う。非力でどこまでも罪深く、どこまでも卑しい人間という種族の目から見て、天上のパンは、はたして地上のパンに匹敵しうるものだろうか？　それに、もし天上のパンのためにおまえのあとから何千何万という人間どもがついていくとしても、天上のパンのために地上のパンをないがしろにできない何百万、何千万というほかの人間たちはどうなるのか？

それとも、おまえにとって大事なのは数万人の大いなる強者だけで、残りの何百万人、それこそ浜辺の砂のような無数の、たしかにおまえを愛してはいるが弱者である人間たちなどは、大いなる強者たちのための人柱に甘んじるしかないというのか？

[2巻269ページ14行]

一定の人たちは高いモラルを持ち、自己抑制をきかせる生き方ができる。このように「天上のパン」を大事にする人たちがいる一方、圧倒的大多数の人たちは目先のこと、つまり「地上のパン」に心を奪われている。それでいいのかと問うています。

8

第2部
第5編

プロとコントラ(大審問官③)

「人間の自由を支配するかわりに、おまえはそれを増大させ、人間の魂の王国に、永久に自由という苦しみを背負わせてしまった」

自由をめぐる話は続きます。

■魅惑的な自由

ところで、人間の自由を支配するのは、彼らの良心に安らぎを与えてやれる者だけだ。おまえには、パンという文句なしの旗が与えられようとしていた。パンを与えてみよ、人間はすぐにひざまずく。なぜなら、パンほど文句なしのものはないからだ。だが、同時におまえ以外のだれかが彼らの良心を支配することになったら、そう、そのとき人間はおまえの天上のパンを棄て、その良心をそそのかすもののあとにしたがうだろう。その点でおまえは正しかった。なぜなら、人間存在の秘密というのは、たんに生きるということにあるだけでなくて、何のために生きるのかということにあるからだ。

［2巻272ページ12行］

ここは重要なことを言っています。「人間存在の秘密というのは、たんに生きるということにあるだけでなくて、何のために生きるのかということにあるからだ」と。

宗教を信じている人にとっては、自分の信心のために生きるということが何より大切になると言えます。ここのパンを「お金」に言い換えてみたらどうなるか。今、われわれを含めた世界の人々の多くはお金にひざまずいてしまう。

もちろんお金がないと生活できませんが、お金に縛られると人間は自由を失います。ドストエフスキーは自分がルーレットで借金をして苦しい思いをしたから、お金の怖さをよく知っていたんです。

何のために生きるのかというしっかりした考えがもてなければ、たとえまわりがパンの山であっても、人間は生きることをよしとせず、この地上に生き残るより、われ先に自滅の道を選ぶだろう。たしかにそのとおり。が、結果はどうなったか。人々の自由を支配するかわりに、おまえは彼らの自由を増大させてしまった！　それともおまえは忘れたというのか。人間にとっては、善悪を自由に認識できることより、安らぎや、むしろ死のほうが、大事だということを。

［2巻273ページ4行］

込み入った話が続きます。

人間にとって、良心の自由にまさる魅惑的なものはないが、しかしこれほど苦しいものもまたない。ところがおまえは、人間の良心に永遠に安らぎをもたらす確固とした基盤を与えるどころか、人間の手にはとうてい負えない異常なもの、怪しげなもの、あいまいなものばかりを選んで分けあたえた。だから、おまえのやったことは、まるきり人間を愛していないかのような行為になってしまった。しかも、それをしたのが果たしてだれかといえば、彼らのために、命を投げ出す覚悟でやってきた男ではないか！

人間の自由を支配するかわりに、おまえはそれを増大させ、人間の魂の王国に、永久に自由という苦しみを背負わせてしまった。おまえが人間の自由な愛を望んだのは、おまえに魅せられ、虜《とりこ》になった彼らが、あとから自由についてこられるようにするためだった。確固とした古代の掟にしたがうかわりに、人間はその後、おまえの姿をたんなる自分たちの指針とするだけで、何が善で何が悪かは、自分の自由な心によって自分なりに判断していかなくてはならなくなった。

［2巻273ページ10行］

「自分の自由な心によって自分なりに判断していかなくてはならなくなった」というのは、人間の自由意志についての考察です。自由は魅惑的で、われわれ人間は自由にいろいろな選択ができるようになったが、良いことばかりではない。自分の人生について、もしもあのときああしていたら、別の人生があったかもしれないと誰もが思っています。増大してしまった自由によってみんな苦しめられている。この辺の洞察はなかなか鋭いです。

■代行システム

しかしくり返すが、おまえのような人間が、はたして数多くいるものだろうか？　それにおまえはほんとうのところ、そうした誘惑に人間たちが耐えられるなどと、たとえ一瞬でも考えることができたのか？　はたして人間の本性が、奇跡をしりぞけるように創られているものだろうか。人生のこのような恐ろしい瞬間にも、このうえなく恐ろしく根本的で苦しい精神の問題にぶつかった瞬間にも、ただ心の命じるままに、自由な決断ができるように創られているのか？
［2巻275ページ最終行］

ここは丁寧に読んでいきましょう。

たとえば法律的な問題を抱え、裁判になってしまったとします。多くの人は法律がよくわかりませんから、弁護士に裁判を代行してもらうことになるでしょう。身近なところでは、運転免許だってそうです。書類の書き方がよくわからないときは、運転免許試験場の横にある代書屋さんや行政書士に頼むことができます。これは代理の思想です。

現在の日本で国民一人ひとりは主権者ですから、国家の現実的な主権を持っています。ところが、誰しもが政治活動をしようとは考えない。政治活動をしないのは、仕事や家事が忙しいといった理由もありますが、要するに自分は政治には向いていないと考えるからやらないんです。自分にはその能力がないから、能力がある人に代行してもらう。ここでは、前にも触れた「代行システム」（112ページ）について述べています。

では、政治の世界で代理の思想を否定するとどうなるか。直接民主主義になるか、アナーキズム、つまり無政府主義になります。それでは困るので、われわれは代理の思想からは逃れられません。しかし、人間は自分の思い浮かべたイメージだけで物事を見ることが多々あるため、自分の代理をしてくれるものが本当に自分の利益を代表しているかどうかを正しく判断することは難しいわけです。

マルクスが、『ルイ・ボナパルトのブリュメール18日』という著作でこう言っています。フランスの第二共和制は当時ではものすごく民主的で、貧しい分割地農民に選挙権を与えたら、農民の多くがナポレオンの甥っ子だという候補者に投票してしまった。ところが、その人がやろうとしている政策はどう見ても貧しい農民にプラスになることではなかった。そして大統領に当選したら、今度は議会を廃止して王様になってしまった。それで、第二共和制が崩れます。代表する者と代表される者が一致しないことの一例です。

20年ほど前、小泉純一郎氏が聖域なき構造改革を掲げて圧勝した小泉旋風を覚えていますか？ 「官から民へ」「中央から地方へ」をスローガンに新自由主義的な政策を推し進めた聖域なき構造改革は、結局一般の労働者や家庭の主婦にもっとも強くしわ寄せがきました。改革によって影響を受けない人たちがこの聖域なき構造改革を推進したわけです。また、可処分所得を少しでも手元に置いておきたい一般の人たちの多くが減税を支持しますが、減税は明らかに富裕層に有利な政策です。減税されることで、反対に給付が必要な人への給付額が減ってしまいます。その結果、富裕層はますます豊かになっていきます。

こうした構図は、理屈で考えればば簡単にわかるはずですが、世の中は理屈では動きません。「はたして人間の本性が、奇跡をしりぞけるように創られているものだろうか」と、ドストエフスキーは問いかけています。

そうとも、おまえは自分の偉業が聖書に記され、時の彼方、地の果てまでも伝えられるのを知っていて、人間は自分にしたがえば奇跡など必要とせず、神とともにとどまることができるものと期待したのだ。ところが、おまえは知らなかった。人間が奇跡をしりぞけるや、ただちに神をもしりぞけてしまうことをな。なぜなら人間というのは、神よりもむしろ奇跡を求めているからだ。そもそも人間は奇跡なしに生きることはできないから、自分勝手に新しい奇跡をこしらえ、まじない師の奇跡や、女の魔法にもすぐにひれ伏してしまう。たとえ自分がどれほど反逆者であり、異端者であり、無神論者であっても。

［2巻276ページ6行］

「人間というのは、神よりもむしろ奇跡を求めている」。大審問官①で「彼」の奇跡を群集が期待する場面（106ページ）を思い出してください。

民衆はもう抑えきれず、彼のほうに殺到し、ぐるりと彼を取りまき、人垣はどんどん厚くなって、やがて彼のあとについて歩き出す。彼は、かぎりない憐れみにみちた微笑をしずかに浮かべ、無言のまま人々のあいだを通りすぎていく。胸のなかでは愛の太陽が燃えさかり、栄誉と啓蒙と力が光のように瞳から流れ、人々のうえに降りそそぎ、彼らの心を、それに応える愛によってうちふるわせている。彼は人々に両手を差しのべ、人々を祝福し、その体どころか、衣服に触れるだけで治癒の力が生まれるのさ。

［2巻257ページ5行］

「そもそも人間は奇跡なしに生きることはできないから、自分勝手に新しい奇跡をこしらえ、まじない師の奇跡や、女の魔法にもすぐにひれ伏してしまう」は、この奇跡を期待する部分とコントラストになっています。

目に見えるもの、起きた事象をもとに信じるというのはキリスト教の信仰ではありません。信仰とは、見えないものを信じることだからです。逆に、救われない、奇跡が起こらないといって、それで信仰を失うようでは、それも信仰ではないんです。

見えるものと見えないものの関係が信仰という行いを通して言語化されている、非常に興味深い部分です。

■神殿を壊す

人間は、いくじなしで、あさましい。彼らはいま、われわれの権威に対していたるところで反逆し、反逆していることを誇りにしている。だからといって、なんのこともない。そんなものは子どもの、小学生の自慢話にすぎない。教室で反乱を起こし、先生を追い出した子どもと同じふるまいだ。で、そんな子どもの大はしゃぎもいずれ終わりがきて、彼らは高いつけを払わせられることになる。

子どもたちは神殿をぶち壊し、大地に血を注ぐ。だが、愚かな子どもたちはしまいに思いあたる。反逆者など名ばかり、自分の反逆もろくに持ちこたえられない非力な反逆者だということに。愚かな涙にくれて、彼らはついに自覚する。自分たちを反逆者にしたてあげた神は、まぎれもなく自分たちを笑いものにしたかっただけのことだ、とな。

［2巻277ページ最終行］

人間は何か偶像をつくってそれを崇拝してしまうのだと。現代の偶像といえば、カリスマ的なリーダー、アイドル、芸能人、ユーチューバー、思想家も含まれるでしょう。

そして「子どもたちは神殿をぶち壊し」とある。現代の神殿とは、名門大学や一流企業などがそれに当たると思います。われわれはいずれ死にますが、定年退職したあとも「ここに勤めてました」と、いつまでも昔の名刺を配るような生き方はすごく寂しい。神殿をぶち壊すというのは、これからの時代にこそ非常に重要なことなのかもしれません。

ただ、大審問官は、キリストの思想を実現しようと思っているのか、それとも壊そうとしているのか、実はよくわかりません。ドストエフスキーは自分の立場をあいまいに書いています。このよくわからないところを曖昧なまま書くのがドストエフスキーの腕で、これによっていくつもの声が聞こえるようになっています。

おまえの偉大な預言者であるヨハネは、黙示録のなかで幻想的かつ比喩的に語っている。最初の復活にあずかったすべての人々を見まわしたところ、その数は各部族から一万二千人ずつであったとな。

だが、もしもそれぐらいの数だとしたら、彼らはもう人間というより、神々のような存在ではないか。彼らは、おまえの十字架を持ちこたえ、イナゴと草で食いつなぎながら、荒野での飢えたむきだしの生活を何十年も耐え抜いた。とすれば、おまえはむろん、これら自由の子、自由な愛の子、おまえのために自由で立派な犠牲を捧げた子どもたちを、誇らしい思いで指さすこともできよう。

［2巻278ページ15行］

「最初の復活にあずかったすべての人々を見まわしたところ、その数は一万二千人ずつであった」というのは、救われるのはごく少数だということです。「だが、もしもそれぐらいの数だとしたら、彼らはもう人間というより、神々のような存在ではないか」と大審問官は言います。救われる厳しい基準に通る人というのは、むしろ神々に近いんじゃないかというわけです。では、一般の民衆はどうなのか。その人に対する愛はどうなるのか。

結局、権力を使ってみんながきちんと食べていけるようにする自分のような人間が必要だ。だから普通の人間に自由を与えると、とんでもない混乱を巻き起こす。大審問官は、何度もこのように言うわけです。

これからおまえに言おうとすることが、おまえにはすべてわかっている。おまえの目をみれば、それがちゃんと読みとれるのだ。それに、このわたしが、われわれの秘密をおまえに隠す理由もない。ひょっとすると、おまえはこのわたしの口から、その秘密を聞きだしたいのだな。では聞くがいい。われわれはおまえとではなく、あれ《ヽ》とともにいるのだ。これがわれわれの秘密だ！

われわれは、もうだいぶまえからおまえにつかず、あれについている。おまえが憤ってしりぞけたもの、そう、あれがおまえに地上のすべての王国を指さして勧めた最後の贈りものを、あれから受け取ってちょうど八世紀になる。われわれはあれからローマと皇帝の剣を受けとり、われこそは地上の王、唯一の王と宣言した。もっとも、われわれはいまもって、自分たちの事業を完全な仕上げに導くことができてはいないのだが。

［2巻280ページ最終行］

「あれとともにいる」「もうだいぶまえからおまえにつかず、あれについている」の「あれ」とは、悪魔を指します。権力を振りかざす悪魔の手先になっているのだと。ここでは、イワンの無神論が表れています。

ここで想定しているのはカトリック教会です。特にイエズス会。この点については、次の項で解説します。

9

第2部
第5編

プロとコントラ（大審問官④）

「われわれは彼らに言い聞かせてやるのだ。われわれに自由を差しだし、われわれに屈服したときに、はじめて自由になれるのだとな」

■牧人思想

われわれは皇帝の剣を手にし、剣を手にすることで、むろんおまえをしりぞけ、あれのあとについて歩み出した。（中略）

選民たち、すなわち選民となりえたはずの強者のうち、きわめて多くの人間が、やがておまえを待つことに疲れ、自分の精神力や情熱をおよそ畑違いの世界にふり向けてしまったし、これからもふり向けるだろう。そうして彼らは、結局のところ、おまえに刃向かい、自分なりの自由の旗を翻《ひるがえ》すことになる。もっとも、その旗はおまえ自身が翻したものだったが。

　ところがここでは、だれもが幸せになり、おまえの自由のもとではどこを見回してもそうであったように、反乱を起こしたり、たがいを滅ぼしあったりする者もいない。そう、われわれは彼らに言い聞かせてやるのだ。われわれに自由を差しだし、われわれに屈服したときに、はじめて自由になれるのだとな。どうだね、われわれは正しいだろうか、それとも嘘をついていることになるのか？

〔2巻283ページ1行〕

「われわれに自由を差しだし、われわれに屈服したときに、はじめて自由になれるのだ」。自分の自由を差し出して屈服したときに自由を得ると、逆説的に言っています。自由について いろいろ考えるのは大変だから、おまえを自由から外してあげよう。そうすることで自由になれるよと言っているのです。

　つまり自由＝隷従。人間は、イエス・キリストに従うことで真の自由を得るのだというキリスト教の基本的な考え方です。でも、隷従、服従こそ自由であるなら、それは独裁者の論を補強することにもなりえます。このような、自由を強調しながら、結局はイエス・キリストに隷属する考え方を牧人思想といいます。

聖書には、100匹の羊のうち1匹の羊が群れから離れたら、99匹を置いてその1匹を探しに行くという話が出てきます。それはすばらしいことだという教えなのですが、その1匹は本当は自由にしていたかったのかもしれません。もう少し野原で遊んでいたいとか、あと少し小川で水を飲んでいたいとか。許してもらえず群れに連れ戻されますが、キリスト教ではそれが愛だというわけです。

学校教育でも、周囲とちょっと異なる行動をとると、それはだめだ、みんなと一緒に行動しろ、それがいちばんおまえのためだと自由を抑制されることがあります。それは一種のパターナリズムです。

パターナリズムとは、権力や能力があり強い立場にある者が、弱い立場の者に「あなたの利益のため」だと本人の意思を問わずに干渉することをいいます。

たとえば内科にかかったとします。「はい、口開けてのど見せて」「次は背中」と医者は聴診器を当て、何も言わずカルテにドイツ語で書き込んでいる。「じゃ、いいお薬を出しておきますから」で診察は終わり。ただの風邪なのか病気の兆候があるのか、どんな薬を処方するのかなどとは教えてくれません。昭和の町医者はこんな感じだったと思います。

あなたのことは私のほうがよくわかっているから、全部やってあげる。あなたは何も知らなくていいよということです。今はインフォームドコンセントが当たり前になったので、医者にひと言たずねると症状や薬の種類まですごく丁寧に話してくれます。

この部分では、キリスト教における自由と隷属を下敷きに、パターナリズムという権威主義や父権主義について語っているといと考えていいでしょう。


人の話や預言によれば、おまえはこの世に戻ってきてふたたび勝利を収める、選ばれた仲間たち、誇り高い強者たちを引き連れてくるという。だがわれわれはこう言う。彼らが救ったのは自分たちだけだが、われわれは万人を救ったとな。

（中略）

知るがいい。わたしはおまえなど恐れてはいない。知るがいい。このわたしも、かつて荒野にあって、イナゴと草の根で飢えをしのいだことがあった。おまえが人々を祝福した自由を、祝福したこともあった。おまえの、選ばれた人々の仲間となり、あの『数を満たしたい』という願いを抱く、強くたくましい人々の一員になる心づもりであった。

［2巻288ページ5行］

「よげん」には予言と預言の二つがあります。予言は未来に起こることの予測で、占いのようなものも含まれます。それに対して預言は、神様から預かった言葉という意味で、預言者によって人々に伝えられます。予言と預言の違いは、神から預かったかどうかという点にあります。

預かった言葉には未来予測も含まれますが、多くは現状批判です。イエス・キリストには「王としてのキリスト」「祭司としてのキリスト」「預言者としてのキリスト」という三職があり、預言者は現状に対して批判的に見ています。

「おまえが引き連れて戻るであろう選ばれた者や誇り高き強者たちよりも、われわれは多くの人々を救った。おまえなど怖くはない」。そう言っていますが、かつては「おまえの、選ばれた人々の仲間となり、あの『数を満たしたい』という願いを抱く、強くたくましい人々の一員になる心づもりであった」と告白しています。

だが、わたしはふとわれに返り、おまえの狂気に仕えるのがいやになった。そこでわたしは引き返し、おまえの偉業を修正した人々の群れに加わったのだ。わたしは、誇り高い人々のもとを去り、この従順な人々の幸せのために、従順な人々のもとに帰ったのだ。わたしがおまえに話していることはいずれ実現し、われわれの王国は建設される。もういちど言っておくが、明日にもおまえは、そのおとなしい羊の群れを見ることになるのだ。われわれの邪魔をしにきた罪で火焙りになる炎に、わたしの指ひとつでわれ先に

と篝火《おきび》をかきあげる人の群れをだ。われわれの火刑にだれよりもふさわしい者がいるとするなら、それこそはおまえだからだ。明日、わたしはおまえを火焙りにする。Dixi(これで終わりだ)」

［2巻289ページ3行］

「強くたくましい人々の一員になる心づもりであった」が、「従順な人々のもとに帰った」わけです。先ほど述べたパターナリズムの要素は、政治にかならず存在し、戦争が起こると特に顕著になります。

国民が、「戦争に行きたくない」と言ったとしましょう。すると、政治家はこう主張するわけです。「いやいや、戦争はいやだ、平和がいいと言うのは間違っている。この戦いに勝つことで本当の平和を実現するのだ」と。これは、統治者がよく使う論理です。しかし、愚かなのは政治家だけではなく、そんな指導者に統治され、戦うことが正義だと信じてしまう民衆もです。愚かで、そしてきわめて哀れな存在だと言えるでしょう。

現代においてはプーチンもゼレンスキーも岸田文雄もみんな、愚かな指導者です。争いの火種になるのは結局、人間なんです。ウクライナ戦争の終結が見通せないこの状況では、人間主義と平和の原点に立って世の中を見ていくことが重要です。そして、この戦争の熱気から自分を切り離して考える必要があります。

最後にまた牧人思想に触れ、イワンの物語詩は終わります。『カラマーゾフの兄弟』での難関である大審問官の演説は、こういう組み立てになっています。

■イエズス会とロシア正教

イワンの物語詩を聞き終え、アリョーシャが口を開きます。

「でも、それは……ばかげてます！」彼は顔をまっ赤にして叫んだ。「兄さんのその物語詩は、イエス賛美ですよ、兄さんが願っているような非難なんかじゃない……。それに兄さんが言うような自由を信じる人なんて、どこにいますか？　第一、自由というのをそんなふうに理解しなくちゃいけないものなんですか？　それがロシア正教の理解だとでも……そんなのはローマです、ローマといってもぜんぶじゃない、ぜんぶと言ったら嘘になる……そんなの、カトリックのいちばん悪い連中です、審問官です、イエズス会の連中です！……それに、兄さんが言っている審問官のように現実離れした人間なんて、まるで存在するはずもありません。わが身に引き受けた人々の罪って、いったい何なんです？　人々の幸せのために何かの呪いを引き受けた秘密の担い手って、どんな人たちです？　いつ、そんな人たちが出ました？　イエズス会のことはぼくらも知ってるし、ずいぶんひどい言い方もされてますけど、いったい兄さんの詩に出てくるような人たちでしょうか？

［2巻290ページ1行］

アリョーシャがイワンに「そんなの、カトリックのいちばん悪い連中です、審問官です、イエズス会の連中です！」と感情を露わにします。イエズス会はロシア語でイエズィットと言い、これをロシア語の辞書で引くとイエズス会士という言葉より先に、ペテン師や詐欺師、うそつきという意味が出てきます。

16世紀、ルターの宗教改革に対抗してカトリック側の改革を進めたトリエント公会議で、軍隊組織としてのイエズス会ができます。プロテスタントがとても強かったポーランドやハンガリー、チェコへ十字軍を送り、プロテスタントへ撃滅戦を展開して大きな成果を出しました。その結果、現在のベラルーシとウクライナの西部がイエズス会の影響下に置かれました。しかし、このエリアの宗教はもともとプロテスタントではなくてロシア正教です。カトリックに改宗させようとしても、自分たちの宗教を固持します。

そこで考えたのが、ユニエイトという教会です。これは、見た目はロシア正教会と一緒で、キリストや聖書の重要な出来事を画像にしたイコン（聖画像）を掲げるスタイルで礼拝をします。

また正教会では、下級祭司は結婚できるが幹部の祭司は独身制という二重構造になっていました。それに対して、カトリックは独身制です。ユニエイト教会では、カトリックの神父でも下級司祭の結婚を認めることにしました。その代わり、ローマ教皇がいちばん偉いとする教皇の首位性は譲らなかった。それ以外のところはある程度妥協する柔軟さを持っていたんです。

もう一つ加えて言うと、聖霊がどこから発出するかという、神学上の最大の論争である「フィリオクェ問題」において、ロシア正教会が「父から発出する」のに対して、イエズス会はカトリックの教義にしたがい「父と子から発出する」としました。

イエズス会によるユニエイト教会は東方典礼カトリック教会とも呼ばれますが、実はこれがウクライナのナショナリズムの中心です。主にウクライナ南西部のガリツィア地方に根差し、その中心都市がリヴィウです。つまり、現ウクライナ政権の骨格をつくっている思想の底流にイエズス会があるということで、実はイエズス会はウクライナ問題とも非常に深く関係しています。イエズス会系統の大学や教育機関を卒業した人材がゼレンスキー政権内の重要なポジションについていることもあり、ロシアは非常に警戒しています。

ちなみに、アメリカの歴代大統領でカトリックはJ・F・ケネディと現職のジョー・バイデンだけです。カトリックの理念とバイデンが主張している民主主義社会には非常に近いところがあります。その中心にあるのは、世界は普遍的価値観によって統治されたほうがいいという考え方です。バイデンの価値観にカトリックの要素があることも、今回のウクライナ戦争と非常に密接に関係しているように思います。

10

第2部
第5編

プロとコントラ（大審問官⑤）

「『いや、どんなことにも耐えていける力があるのさ！』ひややかな笑みを浮かべて、イワンは言った。『どんな力です？』『カラマーゾフのさ……カラマーゾフの下劣な力だよ』」

■秘密の組織「フリーメーソン」

無神論者のイワンと神を信じるアリョーシャの対話は続き、アリョーシャは苦悩する大審問官など単なる幻想だと言います。それに対してイワンは……。

――あれほどかたくなに、あれほど自分流に人類を愛している呪われた老審問官っていうのは、いまも、多くのこういう類いまれな老人たちの集団として、まるまる存在しているのかもしれないな。それも、たまたま存在していましたなんていう甘っちょろいもんじゃぜんぜんなくてね。不幸で非力な連中を幸せにしてやる、そんな秘密を守る目的ですでに大昔に作られた一宗派として、いわゆる秘密結社として存在しているってわけだ。そう、それはかならず存在してるし、存在してて当然なんだ。おれはふと、こんな気がするんだよ。つまりフリーメーソンの根底にも、これと同じ秘密に類した何かがあるんじゃないかとね。カトリックがあれほどフリーメーソンを憎むのは、フリーメーソンをライバル視し、ひとつの理念の分断をそこに見ているからじゃないかとね。

［2巻294ページ14行］

イワンは、老審問官の集団が存在し、それと似た秘密に類する何かがフリーメーソンの根底にもあるのではないかという考えをアリョーシャに告げます。対話の続きを見る前に、ここでフリーメーソンについて触れておきます。

フリーメーソンとは全世界に存在すると言われている秘密結社ですが、もともとは中世西ヨーロッパの石工組合です。なぜ、組合がそんな特別に強い力を持って拡大していったのでしょう。

16世紀後半から17世紀初頭において、庶民の家は木造でした。それに対して金持ちの家は石造りです。大規模にれんがが製造される前の時代だったので、れんがより石を使うのが一般的でした。石でつくった家は頑丈で、メンテナンスさえすれば200年から300年くらいはゆうに持ちます。

それに比較して日本の家屋はどうかというと、昔は竹と木と紙で家をつくっていたので、10年に一度は建て替える必要があった。現代の木造家屋は40年に一度くらいの建て替えと昔に比べれば長持ちしますが、それでも石やれんがに比べれば建て替えのサイクルは短いです。ただ、今は木造の建材も発達しているので、100年くらい持たせることは簡単にできるはずなのに、どうしてそうしないのか？ 100年も持つ家ばかりになると、日本の住宅産業がつぶれてしまうからです。

イギリスのジャーナリストが書いた『世界を変えた14の密約』（文春文庫）には、1932年、電球の会社のカルテルで電球の寿命が6ヶ月に決められたという事実が明かされています。30年ぐらい持つ電球をつくることは可能ですが、それでは業界が儲からない。だから、「買い替え強制の罠」をつくったわけです。

一般の人々が当たり前だと思っているさまざまなことが、実は一部の企業家や金持ちたちの密約で決められ、国を超えてネットワークができていく。18世紀末になると、そのつながりが啓蒙思想を信じる人たちによって政治の世界にまで伸びてくる。やがて秘密結社的なものとして扱われるようになったのがフリーメーソンで、ロシア革命もフランス革命もフリーメーソンの存在を無視しては語れないだろうというわけです。

フリーメーソンの会員は、メンバーだけに通じる特別な言葉やジェスチャーで仲間であることを示し合い、互いに助け合うことができると言われています。ちなみにフリーメーソンの入会システムは紹介制で、二人の会員が紹介しないとメンバーにはなれません。今の日本で似たシステムの組織といえば、完全には閉ざされてはいないが自由に入れないという意味では、社交クラブ（たとえば、ひと昔前のエスカイヤクラブ）があります。

日本ペンクラブや日本文藝家協会も、会員と理事以上の推薦がないと入れません。アカデミズムでも、業績や実績に加えて推薦人が必要です。ロータリークラブやライオンズクラブも、言ってみればフリーメーソンが世俗化した組織で、やはり公募はしていません。

半分閉じて半分開いているフリーメーソン的な組織が政治と結びつくと、陰謀論に与する人たちが信じるような、世界を裏で動かしている集団の存在があるように見えてきます。19世紀には、フリーメーソンが世の中を動かしているという発想はかなり強くなっていました。特にロシアでは、革命運動をやる人たちはほとんどフリーメーソンに入っていましたから、イワンの語りにも登場したということです。

■キスの余韻が心に熱く

「ひょっとしたら、兄さん自身が、フリーメーソンなのかもしれない！」と、ふいにアリョーシャは口をすべらせた。「兄さんは神を信じていないんです」彼はそうつけ加えたが、その口ぶりにはすでに、とほうもない悲しみがこもっていた。しかも彼は、兄が嘲《あざけ》るような目でこちらを見ているような気がした。
「で、兄さんの物語詩は、どんなふうにして終わるんです？」下を向いたまま、彼はいきなりたずねた。「それとも、もう終わっているんですか？」

［2巻295ページ11行］

物語詩の終わりについて、アリョーシャが問います。

「そう、こんなふうな終わりにしようと思っていた。審問官は口をつぐむと、囚人が自分に答えてくれるのをしばらく待つ。相手の沈黙が自分にはなんともやりきれない。囚人は自分の話を終始、感慨深げに聴き、こちらを静かにまっすぐ見つめているのに、どうやら何ひとつ反論したがらない様子なのが自分にもわかる。老審問官としては、たとえ苦い、恐ろしい言葉でもいいから、ひとことふたこと何か言ってほしかった。

ところが彼は、無言のままふいに老審問官のほうに近づき、血の気のうせた九十歳の人間の唇に、静かにキスをするんだ。これが、答えのすべてだった。そこで老審問官は、ぎくりと身じろぎをする。彼の唇の端でなにかがうごめいた。彼はドアのほうに歩いて行き、ドアを開けてこう言う。『さあ、出て行け、もう二度と来るなよ……ぜったいに来るな……ぜったいにだぞ、ぜったいに！』そして彼を『町の暗い広場』に放してやるんだ。囚人は立ち去っていく」

「で、老人は？」

「キスの余韻が心に熱く燃えているが、今までの信念を変えることはない」

［2巻296ページ1行］

ここは、『カラマーゾフの兄弟』の中でもっとも際立ったところで、思想的なクライマックスと言ってもいいくらいです。大審問官が「彼」を釈放し、「キスの余韻が心に熱く燃えている」というところで、キリストの教えを十分に理解していることが示されています。しかし、大審問官は抑圧者としての態度を改めません。愛を実現するための抑圧です。

いずれにせよ、「キスの余韻が心に熱く燃えているが、今までの信念を変えることはない」という台詞をどう解釈するか。大審問官は「彼」のふるまいを否定的に捉えているのか、それとも肯定的に受け止めているのか、どちらの読みもできます。神はいるのかいないのか。信じるのか信じないのか。揺さぶられる部分です。続きも少し長めに引用します。


「で、兄さんも老人と同じなんですよね、兄さんも?」アリョーシャは悲しげに叫び、イワンは笑いだした。

「なあに、こんなもの、くだらんジョークさ、アリョーシャ、これまで二行と詩を書いたことのないばかな大学生が書いた、たわけた物語詩にすぎんさ。なんだっておまえはそうまじめにとるんだい? おれがこれから、すぐにもイエズス会士のところへ出かけてって、彼の偉業を修正する連中の群れに加わるなんて、考えてもいないだろう? 冗談じゃないよ。そんなこと、おれの知ったことか。おまえにも言ったろう。おれはせいぜい三十まで生き延びられればそれで本望だってな。そのあとは、杯を床に叩きつけるだけさ!」

「それじゃ、ねばねばした若葉や、だいじなお墓や、青空や、愛している女性はどうなるんです! どうやって生きていけるんです、どうやってそれらを愛していけるんです?」アリョーシャが悲しげに叫んだ。「そんな地獄を心や頭に抱いて、そんなことが可能なんですか。いいえ、兄さんは出かけてって、あの人たちとくっつこうとしているんです……もし、そうじゃなかったら、自殺してしまう、どうしても耐えきれずに！」

［2巻296ページ14行］

神を信じることがないとすれば、人間は人間の力だけで身に降りかかる問題をすべて解決していかなければならない。その重荷に人間は耐えられないんじゃないかとアリョーシャは言っています。もしもそうだとすると、道は二つ。「あの人たち」、すなわちイエズス会で自分の自由を人に投げ与えてしまうか、耐えきれず自殺するしかない、と。

「いや、どんなことにも耐えていける力があるのさ！」ひややかな笑みを浮かべて、イワンは言った。

「どんな力です？」

「カラマーゾフのさ……カラマーゾフの下劣な力だよ」

［2巻297ページ13行］

「カラマーゾフの下劣な力」があれば、どんなことにも耐えていけるとイワンは答えます。これはこの小説の鍵になる部分です。「カラマーゾフの下劣な力」とはどんな力なのか。そ

れを知るためのヒントが「カラマーゾフ」という名前にあります。

「カラ」はトルコ系民族の言葉で「黒い」という意味です。たとえば、アゼルバイジャンの西部にあるナゴルノ・カラバフという地域は、「カラ＝黒い」「バフ＝盆地」で「黒い盆地」という意味を持っています。それから今のカザフスタン、カザフ人のことを帝政ロシア時代まではキルギスと呼び、それに対して、今のキルギス人のことをカラ・キルギス、黒いキルギス人と言っていました。カラマーゾフという名前には、ロシア語における「黒い力、闇の力、暗黒の力」というようなニュアンスがあるわけです。

ちなみにイワン、アリョーシャ、ドミートリーは非常に一般的な名前で、そこからのイメージは出てきませんが、スメルジャコフというのはロシア語で悪臭男というような意味です。名前を聞くだけで体臭がかなりきつかったことがイメージできます。登場人物の名前にも無駄がなく、名づけの妙が物語の重要な部分で効いているわけです。

どんなことにも耐えていける黒い力とはどんなものなのか、読み進めていきましょう。

■未成年の力

──「性におぼれて、堕落のきわみで魂を押しつぶすってことですか、そうなんですか、ええ？」

「それもきっとあるな……ただし、三十まではそれもきっと避けられるさ、ただしそれからは……」

「どうやって避けられるんです？　何で避けるんです？　兄さんのような考えをもっていたら、そんなの不可能ですよ」

「これまたカラマーゾフ式にやるのさ」

「それって、『すべてが許されている』というあれですか？　すべてが許されている、そうなんですか、ほんとうにそうなんですか？」

イワンは眉をしかめ、奇妙なことに顔がすっと青ざめた。

「なるほど、おまえは、ミウーソフがあんなに腹を立てた昨日の話を引き合いに出しているわけだ……そういや、兄貴のドミートリーまでが無邪気に口をはさんで、念を押したっけ」そう言って、彼は苦笑した。「そう、きっと『すべては許されている』んだ。いったん口にした言葉だもの、いまさら撤回はしないよ。ドミートリーが焼きなおしたバージョンも悪くはないがね」


アリョーシャは何も言わずに彼を見つめていた。［2巻298ページ1行］

どうして「三十まではそれもきっと避けられるさ」と30歳までは堕落を避けられると言

ったり、「おれはせいぜい三十まで生き延びられればそれで本望だってな」と30歳で死ぬと言ったり、30歳に線を引いているんだろう。

当時の死亡率は現代に比べれば高かったでしょうが、17〜18歳ぐらいまで生きられれば、その後は比較的順調にすごせたはずです。30歳という線引きは寿命とは関係なく、おそらく青年でいるギリギリの線を指していると考えられます。当時の感覚では、その年齢を超えると中年に分類されるのでしょう。ドストエフスキーは、そこに人間が生きるうえでのひとつの節を見ているのだと感じます。

ここで参考にしたいのが、ドストエフスキーの五大長編の一つ『未成年』です。主人公は貴族の私生児として生まれたアルカージイ・ドルゴルーキーという人物。アルカージイはロシアのロスチャイルドを理想として成り上がろうとしますが、この小説でドストエフスキーが書きたかったのは、未成年が歴史をつくるという考えだと私は捉えています。

当時の感覚で言えば、社会である程度責任のある地位につけるのは30歳を超えてから。20代のころはそれなりの理想を持って前を向いていたとしても、会社や役所に就職し、結婚生活を始めたりして、30歳を超えるころにはだんだん現実に流され、現実に折り合いをつけていく。そうすると、未成年のころに抱いていた真っすぐな心だけでは生きていけない。みんなある程度は下劣な力に飲み込まれながら生きていかざるをえないことを、30歳という年齢をもって表しているんじゃないかと私は解釈しています。

新卒で会社に入ると、5歳ぐらい上の先輩はとてもカッコよく見えます。仕事はできるし、後輩の面倒見もいいし、向上心もあってすごいなと憧れていた人が、30代半ばくらいですごくつまらない管理職になってがっかりしてしまった……。こうした感覚がわかる方は少なくないでしょう。

誰しも人生が変わる局面が訪れます。それはいつなのか、どんなきっかけなのかはわかりませんが、どこかで必ず訪れます。その局面を境として未成年から離れ、下劣な力に飲み込まれていくことになります。カラマーゾフという下劣な力、黒い力というのは、本源的な人間の生命の力を指していると言えるでしょう。

ただし、この本源的な生命の力というのは、キリスト教や仏教、特に創価学会では重視していますが、正しい教えを学び知ったうえでの本源的な生命の力です。では、正しい教えを抜きにした、いわゆる自然な生命の力を重視する思想にはどんなものがあるか。実はそれがナチズムです。

ナチズムやファシズムといったイデオロギーは、その民族の中にもともと備わっている力を崇拝します。だから、ナチズムの場合は血と土の神話に基づく思想になる。人々は血と土によってつくられていて、それが人々の本源的な生命力である。そして、世界というのは生存競争に基づくもので、弱肉強食だというのが基本的な考え方です。

こうした世界で大人になっていくと、必然的に自分の身を運命に任せることになります。正しい教えを学び知ることなく、きちんとした信仰を持たないまま自分を運命にゆだねるのは、本源的な生命を大切にしなくなる姿勢にほかなりません。これは、闇の力に飲まれて、闇の力に自らを委ねていくということだから、カラマーゾフの黒い力とは異なるものです。カラマーゾフの黒い力には、積極的に悪をつくり出していく潜在力があります。

キリスト教にも、仏教やイスラム教にも、光と闇という二元論の考えがあります。多くの宗教が、闇から身を離して光の世界にどう向かっていくか、という発想になっているのは非常に面白いところです。

ウクライナ侵攻を受け、フィンランドがＮＡＴＯに正式加盟を申請しました。これをロシア側から見ると、単にフィンランドが敵に回るというだけでなく、ナチズムがウクライナだけでなくフィンランドからもよみがえってきているという感覚をもたらします。

かつて、フィンランドはナチスと一緒にソ連と戦っていました。ナチスの人種主義は民族を超えて根づいていて、ノルウェーはナチスの同盟国だし、スウェーデンも中立国ではあったものの考え方はよく似ていました。

第二次世界大戦中、ノルウェーのキスリング（クヴィスリング）大統領はヒトラーの盟友で、ヒトラーが自殺したあとも政権を握っていたのです。でも、これではまずいということで、キスリングを支持していた層も含めた人たちがキスリングを捕らえ、当時のノルウェー憲法で廃止されていた死刑を改正させてキスリングを処刑し、キスリング一人に責任を全部かぶせます。ノルウェー人はナチズムとキスリングの犠牲者なんだ、ソ連に対抗するためには仕方がなかったんだという話にしたわけです。

このような、ナチズム的なものが北欧には潜んでいます。だから、ヨーロッパは今かなり危ない状態であることは間違いありません。そうなった理由の根っこには、キリスト教の導入が遅かったということがあります。実はドイツも同じで、異教の神話が地の部分でずっと残ってきました。それが、自然の生命力に任せる力、血と土の神話です。

■根を断ち切る

「おれはな、アリョーシャ、ここを出ると決意して考えていたんだ。この世界じゅうに、おまえだけはいるってな」思いもかけない感情をこめて、ふいにイワンが言った。「ところがいま、おまえの心のなかにもおれの居場所がないことがわかった、かわいい隠遁坊や。『すべては許されている』っていう公式、おれはこれを撤回しない。でも、だからといって、それがなんだという？　この公式のせいで、おまえはこのおれを否定する気かい、どうなんだ、え？」

　アリョーシャはとつぜん立ち上がり、彼に近づくと、何も言わず、彼の唇に静かにキスをした。

「実地で盗作と来たか！」イワンが、なぜか有頂天になって叫んだ。「いまのキス、さっきの詩の盗作じゃないか！　でもまあ、ありがとうを言っておくよ。立てよ、アリョーシャ、さ、出よう、おまえもおれもそろそろ時間だろう」

［2巻299ページ1行］

「彼」が大審問官に静かにキスする場面がありましたが（152ページ）、それをまねるかのように、「アリョーシャはとつぜん立ち上がり、彼に近づくと、何も言わず、彼の唇に静かにキスを」しました。

　ここからもわかるように、この小説の中でアリョーシャは模倣の人です。積極的に自分から意見や言葉を発することはせず、相手の言ったことを繰り返したり反応したりしている。相手の模倣やリアクションです。こうしたアリョーシャの人物造形も、続編として書かれる予定だった「第二の小説」の大いなる前振りだったのかもしれません。

　会話は、相手が言ったことを繰り返しているだけで意外に続きます。ちなみに、質問に対して質問で答えるというのは、ユダヤ人がよくやるレトリックです。

二人は料理屋を出たが、表階段のところでふと立ち止まった。「じつはな、アリョーシャ」イワンが毅然たる調子で言った。「じっさい、このおれにねばねばした若葉を愛する力があるとしてもだ。おれが若葉を愛せるのは、おまえを思い出すときだけなんだ。おまえがこの世のどこかにいるってことだけで、おれには十分だし、生きる気がしなくなるなんてことはまずない。こんな話、もういやか？　なんなら、愛の告白と受けとってくれてもいいぞ。

そろそろだな、おまえは右で、おれは左だ。もう十分さ、そうだよな、これでいいんだ。つまり、もしも明日おれがここを出ていかず（きっと出て行くことになりそうだがね）、もういちどなにかの機会に会うことがあっても、今日しゃべった話題についてもうこれ以上、ひとこともおれに話さないでくれ。（中略）三十近くになって、このおれが『杯を床にがしゃんと叩きつけたく』なったら、おまえがたとえどこにいようが、もういちどおまえと話し合うために戻ってくる……たとえアメリカからでもな。それを忘れないでくれ。そのためにわざわざ戻ってくるんだ。それぐらいのときにおまえを見たら、ものすごく面白いだろうな。その頃、おまえはどうなっているのかね？

［2巻299ページ12行］

なぜ、ここでアメリカが出てくるのか。これは、自分たちの文化や宗教の根っこを断ち切るためにはアメリカに行っちゃえばいいという考えですね。そこで新しい人間になる。アメリカ人になる。こういうことです。島崎藤村の『破戒』の最後で、主人公はテキサスに移住します。被差別部落の問題を取り上げたという点でこの小説は非常に評価されていますが、テーマである差別に対しては、差別のない別の世界へ行くということで問題の解決を図っています。これは、日本の中にいたら問題は解決しないという組み立てです。

トルストイは、『戦争と平和』『アンナ・カレーニナ』といった代表作を世に出したあと、長い間執筆から離れ、子ども用の教科書や民話を書いていました。最晩年に、最後の長編小説『復活』を出版します。それは、絶対的平和主義のスタンスをとるドゥホボール派の人たちをカナダに移住させる資金を稼ぐためでした。

北米に渡るということは、ロシアやヨーロッパの土壌にある根っこを断ち切って、新しい人になるということです。ここでアメリカが出てくるのは、カラマーゾフの下劣な力をアメリカに渡ることで断ち切るという意味合いがあるのでしょう。ですから、アメリカという言葉は、イワンとアリョーシャの別れの場面で重要な意味を持つわけです。

当時のアメリカは、ロシアとは比較にならないほどの弱小国でした。国力でいうと、ロシアやフランスやイギリスが世界の超大国であったのに対して、南アフリカやイランといったレベルです。しかも、大西洋によって切り離されています。アメリカへ渡ったら、それまでの関係は完全に断ち切られるというくらいのイメージだったのです。

■自由をめぐる討論

さて、ここまで「大審問官」をじっくり見てきましたが、最後に私なりの考えをお伝えしようと思います。「大審問官」は、ドストエフスキーの仮説上の自由をめぐる討論です。人間にとって自由とはどういうことか、はたして人間は自由に耐えうるのか。これが根源的な問題となっています。

イワンの物語詩に登場する「彼」がキリストかどうか疑わしいという点が一つのポイントで、ここでキリスト教的な教えを説いていると勘違いしないように注意してください。キリスト教の文脈とは関係なく、あくまでもロシア正教的な土壌がある世界で自由について考えているのがこの「大審問官」であって、キリストの教えを説いているのではないと私は解釈しています。この部分は、読みながら「おや？」と不思議に感じたり、「どういうこと？」と揺さぶられたりしたと思います。ドストエフスキーの考えを一つに集約することはできません。それぞれのセンテンスでは一つの言葉が選ばれますが、その背景にはいろいろな思いが混在しています。われわれもさまざまな考えや矛盾を抱えながら日々行動をしていますが、それと同じです。

ドストエフスキーの中にいるいくつかの人格が、ひとつの小説に同時進行で現れます。だから、イワンにしても大審問官にしても、複数性をはらんでいます。物語の矛盾や混乱をそのまま受け入れると、「私が言っていることは本当だと思う？」という、ドストエフスキーの声が行間から漂ってくる感覚があります。

「大審問官」が面白いのは、イワンが語る物語詩の大審問官が神を信じていないであろうことを告白し、イワンの無神論的な思想が明らかになっていくところです。

逆説的になりますが、神様の名前をしょっちゅう口にする人や、自分の信心深さを強調する人には、信仰や信心に危うさがあります。そういうことをほとんど口にしない人が生活の中で信心を示していく姿が、キリスト教、仏教、イスラム教といったいわゆる世界宗教を信じている人たちのスタイルとして称揚されています。

過剰さの中には怪しさがある。それはドストエフスキーも同じです。たとえばトルストイと比べると、ドストエフスキーのキリスト教に関する理解は非常に狭い。「大審問官」で箴言が説かれているとは言えないし、ここでドストエフスキーが言っていることは、ロシア人が常識的に持っているキリスト教観です。

キリスト教になじみがない日本人にとって「大審問官」は難解だとよく言われますが、そんなことはありません。すでに提示した引用部分や解説を参考に、ぜひみなさんご自身で要約と論評をまとめて読み進めてみてください。200字程度の短い字数に要約することで、自分はどこにポイントを置いて読んだのかが明確になります。

論評は、「大審問官」を自分がどう読むかということがテーマです。老大審問官やイワンの発言の矛盾を突いてもいい。そこからさらに、ドストエフスキーの思想に視点を広げていくのも結構です。パンや羊の話から、自分が置かれている社会的状況について考えた方もいるでしょう。ときに体を壊してでも仕事に全力投球して賃金を得ているという状況は、本当に幸せなのか。勤務先の上司や社長がすごくワンマンでいつも理不尽を感じているとしたら、そういう人を取り上げて論じてもいい。神を信じていない大審問官ははたして民衆に対して愛があるのかという視点を掘り下げたり、視野を広げてウクライナ情勢と結びつけて考えたりすることもできます。2000字を目途にまとめてみると、自分なりのこの作品の読み方が見えてきます。

本編 Ⅲ

11

第2部
第6編

ロシアの修道僧①

「わかってほしいのは、ほんとうに人間のだれもが、すべての人、すべてのものに対して罪があるということなんだ」

■ゾシマ長老の語り

『カラマーゾフの兄弟』で「大審問官」と並んでじっくり読み解きたいのが、ゾシマ長老について記された第6編「ロシアの修道僧」です。ここでは、「長老自身の言葉をもとにアレクセイ・カラマーゾフがこれを編纂した」という体裁の、「2　神に召された修道苦行司祭ゾシマ長老の一代記より」を見ていきます。まずは、全体の要約です。

第6編「ロシアの修道僧」要約

1 ゾシマ長老とその客たち

ゾシマ長老の庵室にはアリョーシャのほかに、ヨシフ神父とパイーシー神父、ミハイル神父、年老いたアンフィーム神父が最後の法話を聞くため集まった。

長老はアリョーシャに、昨日見たドミートリーの目から彼の運命全体を予見して案じていることを、そして、おまえの顔が彼の助けになると伝え、『一粒の麦は、地に落ちて死ななければ、一粒のままである。だが、死ねば、多くの実を結ぶ』と話した。彼の顔は長老に死んだ兄を想起させた。長老は兄についてはじめて語った。

2 神に召された修道苦行司祭ゾシマ長老の一代記より

長老自身の言葉をもとにアレクセイ・カラマーゾフがこれを編纂した伝記的資料

(a)ゾシマ長老の若い兄について

わたしジノーヴィーは北国に生まれた。父は死に、母と8歳年上の兄マルケルと暮らした。兄は17歳で死んだ。彼は自由思想の罪でモスクワから流れてきた政治犯と噂の高名な哲学者のところに出入りしていた。復活祭の大斎の第6週に入ると急性の結核にかかった。神を信じない兄に対し母は、精進を守り聖体を受けるよう願う。受難週間に入り兄は精進を始めたが、寝たきりとなった。兄は変わった。「ぼくらはみんな、すべての人に対してすべての点で罪があるんだよ、ぼくはそのなかでもいちばん罪が重い」、と母に言った。

(b) ゾシマ長老の生涯における聖書の意味について

8歳ほどの時はじめて啓示のようなものの訪れを経験した。受難週間の月曜日に教会で、丸天井の窓から神の光が降り、高く昇る香の煙が光とひとつに溶け合うさまを眺めながら、神の言葉がはらんでいる最初の種子を自覚して魂のなかへ受け入れた。ヨブの話を聞いた。

(c) 俗界にあったゾシマ長老の青年時代と、青春の思い出。決闘

陸軍幼年学校での8年でわたしは堕落した。欲望のままに暮らした。4年間の軍務のあと、K市で若く美しい娘に恋をした。彼女は金持ちの地主と結婚した。復讐の念からわたしは彼に決闘を挑んだ。決闘前日の晩と翌朝、従卒のアファナーシーを殴りつけた。兄を思い出して罪深さを自覚し、彼そして決闘の相手に謝罪した。修道院に入る決意をした。

社交界はわたしに対して好意的だった。ある夜会で、名の知れた年配の紳士が近づいて

きた。

（d）謎の訪問客

彼は人々に尊敬される財産家だった。個人的な縁を望み、何日もわたしを訪ねた。

ある日彼は異常な面持ちで、14年前に嫉妬と復讐で人を殺し、殺した未亡人の下男に嫌疑がかかるよう仕向けた、と告白した。

思い悩む日々から抜け出すために結婚をしても苦しみは続いた。自殺を考えるうち、人前で殺人を告白しようと思いついた。3年間この想念を抱いたが決心した、と言うもしばらく毎晩わたしのもとに来た。彼はついに、告白の必要があるのかと声を荒げた。苦しみで十分罰を受けた、妻子を巻きぞえにして滅ぼすことが正しいことか、世間は認めないのではないか、と訴えた。わたしは彼に『ヨハネの福音書』第十二章二十四節を、それから『ヘブル人への手紙』第十章三十一節を示した。彼は苦しみの表情で退出したが、また戻り、結局はわたしを抱きしめキスをして帰った。

彼は人前で告白した。数日後、彼は病に倒れた。衰弱した彼の目は感動と喜びに満ちていた。憎悪から君を殺そうとしたが、「わたしの神が、わたしの心のなかの悪魔を打ち負かしてくれた」と彼は告げた。彼のことはいまも祈りのときに思い起こす。

3 ゾシマ長老の談話と説教より

(e) ロシアの修道僧とそのあるべき意義について

服従や精進や祈りにのみ、真実の自由への道が開かれている。民衆を大切にし、その心を守りなさい。

(f) 主人と召使について。主人と召使は精神的にたがいに兄弟になれるか

ロシアの人間は、貧しく身分が低くなるほど、彼らのなかでますます立派な真理が明らかになる。

巡礼の途中、わたしはK市でアファナーシーと8年ぶりに再会し、互いに喜び合った。かつては主人と召使の関係だったが、わたしたちのあいだで偉大な人間的一体化が生じた。

(g) 祈り、愛、異界との接触について

祈りを忘れてはならない。神が創られたすべてのものを愛しなさい。人間は、偉大な力をもちながら、その出現によって大地を腐らせ、腐った足跡をあとに残していく。

わたしたちの思考と感情の根は地上ではなく異界にある。

（h）人は同胞の裁き手になれるのか？ 最後まで信じること

目の前の人間の罪に対しだれよりも責任があるかもしれないと自覚しないかぎり、この地上に罪人の裁き手など存在しえない。

孤立の中にあっても祈りなさい。大地にひれ伏し、大地に口づけをしなさい。

（i）地獄と地獄の火について、神秘的考察

地獄にあって、なおも、傲慢で凶暴な態度をとりつづけるものがいる。悪魔や、その傲慢な精神に全面的に与している連中もいる。彼らにとって地獄とは、自発的に求められた、常に飽くことを知らないものだということだ。

彼らは生きた神を憎しみなしで見ることができず、彼らはまた生きた神がなくなることを、あるいは神が自らを、さらには自らのすべての創造物を破壊することを、求めてやまない……そして彼らは、自分の怒りという火のなかで永遠に焼かれながら、死と虚無を渇望しつづける。だが死は得られない……。アリョーシャの手記はここで終わるが、これは断片的なものだ。長老の言葉は以前に語られたものが合わさり、最後の時間に語った内容がどこなのか定かではない。

（要約・岩本愛美）

■自由思想＝革命家

この「伝記的資料」は、ゾシマ長老の幼少期から始まり、兄・マルケルの存在について書かれています。

2 神に召された修道苦行司祭ゾシマ長老の一代記より
長老自身の言葉をもとにアレクセイ・カラマーゾフがこれを編纂した

伝記的資料

(a) ゾシマ長老の若い兄について

敬愛する神父さま、先生方、わたしは遠い北国のとある県のVという町に、名門でもなければ、さほど官位も高くない貴族を父として生まれた。父はわたしがようやく二歳になったばかりのころに世を去ったので、まったく記憶にない。父は小さな木造の家屋といくらかの資産を母に残した。額はたいしたものではなかったが、母と子が食うに困らず生活していくには十分だった。
母の手もとに残されたのは、わたしたち二人の兄弟だった。わたしジノーヴィーと兄のマルケルである。マルケルはわたしよりも八歳ほど年上で、短気で苛立ちやすい性格だったが、根は善良で人をあざけるようなところもなく、口数は不思議なほど少なかった。（中略）
死ぬ半年前にすでに十七歳になっていた兄は、わたしたちの町でひとり孤独な生活を送っていたある男のところに出入りするようになった。その男は、自由思想の罪でモスクワからこの町に流されてきた政治犯、との噂だった。この流刑囚は、大学でも有数の学者で、高名な哲学者だった。［2巻360ページ7行］

ゾシマ長老の兄・マルケルが、「自由思想の罪でモスクワからこの町に流されてきた政治犯」という噂のある男のもとへ出入りする。自由思想とは、啓蒙主義のことです。啓蒙主義は無神論と限りなく近く、神の存在を合理的に説明しようとする理神論も含みます。政治的には社会主義や無政府主義につながります。実は、ロシアではこうした思想全体を自由思想という言葉で覆いかぶせてしまいました。自由思想は明らかに革命家的なので、自由思想の人＝革命家と読み替えることができます。

自由思想はリベラリズムと同義だと思うかもしれませんが、ロシア語ではこの二つは別の言葉です。自由思想はСвободная《スヴォボドナヤ》 мысль《ムイスル》。リベラリズムには別のロシア語（либерализм《リベラリズム》）が当てられているのは、意味合いが違うということです。

ロシア語に自由という言葉は三つあります。一つはсвобода《スヴァボーダ》で、これはフリーダムの意味。二つ目がосвобождение《アスヴォボジュジェニエ》で、解放を指します。もう一つはволя《ヴォーリャ》で、英語だとwill。意志という意味もあるように、強力な意志がなければ自由も成立しないということです。

これは西側諸国でいうところのリベラリズムとは少し違います。自分の信念をかたくなに信じていて、意固地な面もあるというニュアンスです。

ところが大斎の第六週に入ると、兄の体の具合が急におかしくなった。もともと兄は病弱な貧血質で、体格も華奢なうえ結核の気味があった。背は低くなかったが、痩せていてひよわで、ただし顔つきはたいそう気品に満ちていた。

風邪でも引いたかと思っていたところ、往診に来た医師はすぐに母を呼び、急性の結核だから春いっぱいはもたないだろうと耳うちした。母は泣きだし、兄に向かってやんわりと（それはむしろ兄をおびえさせないためだった）、どうか精進を守り、聖体を受けてほしいと頼みはじめた。（中略）

その頼みを聞いた兄は、腹を立て、教会を罵《ののし》りだしたが、それでも何か考えこんでしまった。自分が重病であり、そのために母は、自分にまだ力があるうちに精進をおこない、聖体を受けに行かせようとしているとすぐに察したのだ。［2巻362ページ10行］

兄マルケルは病弱でした。ここで出てくる「聖体を受けてほしいと頼みはじめた」「聖体を受けに行かせようとしている」の聖体とは、パンとぶどう酒のことです。母親は精進を守ってほしいと頼みますが、なぜ聖体を受けに行くことと精進が関係しているのか。

暦《こよみ》で定められた日には肉食を控えるべきだというのがカトリック教会や正教会での原則です。こうした規則をきちんと守って、告解しなさいという教えですね。ロシア正教では悔悛《かいしゅん》といいますが、自分はこういう悪いことをしましたと神父に告白した人しか、パンとぶどう酒を受け取る正餐式《せいさんしき》という儀式に参加することができません。パンはキノコのような形に焼く特別なもので、これを切り分けて聖体としていただくという習わしになっています。

ちなみに、カトリック教会では基本的にウエハースだけ。罪の象徴とされる種（イースト菌）なしパンで、ホスティアと呼ばれています。正教会とプロテスタント教会の場合、種の入ったパンを使います。カトリック教会と正教会では、罪がある形で聖餐にあずかっても効果がないという発想なので、儀式には告解（悔悛）が前提とされています。

■自然崇拝の匂い

その後、兄は精進を始め、「精神的にすっかり変わってしまった。ほんとうに驚くべき変化が、いきなり彼のなかではじまった」。革命家に影響を受けたゾシマの兄に、信仰心が芽生えていく様が丹念に描かれています。

兄のいる部屋の窓は庭に面していて、庭には老木が影を落とし、春の若芽が萌え出て、気の早い鳥たちが飛んできては窓の外から兄に向かって囀《さえず》り、歌うのだった。すると彼はふと、鳥たちの姿にじっと見とれながら、小鳥たちにまで許しを請いはじめた。「神の小鳥たち、嬉しげな鳥たち、君たちもこのぼくを許しておくれ、だってぼくは君たちにも罪をおかしたんだからね」

こうなるともう当時のだれひとりとして理解できなかったが、兄は喜びのあまり泣いているのだ。「そう、ぼくのまわりにはこんなにすばらしい神の栄光が満ちていた。鳥たち、木々、草原、空。なのにぼくだけが恥辱のなかで生きていて、ひとりずっと万物を汚し、美しさや栄光にまったく気づかずにいたんだ」
「ひとりであんまりたくさん罪を背負いすぎているよ」母は泣きながら話していたものだった。
［2巻367ページ13行］

この部分には、わずかですが自然崇拝が見てとれます。実は、このような思想はキリスト教にはありません。ドストエフスキーは、ゾシマという人には異教崇拝的な要素が多分にあることを、わかる人にはわかるように書いています。

日本のほとんどの評論は、これがロシアにおけるキリスト教の一つの理想像だと書いていますが、逆です。むしろロシアの中にある異教が、ゾシマの中に非常に色濃く入っているのですが、そこは多くの人がなかなか気づきません。

なぜ兄が革命家と近づきになったのか、ここはさまざまな解釈ができますが、私は兄の病気が関係していると捉えています。生命が弱ってきたとき、自由思想や革命思想にはその状態に耐えられるほどの力はないと言いたいのではないでしょうか。ドストエフスキーにとって、自由思想や革命思想は一種の悪霊です。悪魔つきがとれて、信仰や自然崇拝に関心が向きはじめたという心境の変化を描いているのでしょう。

12

第２部
第６編

ロシアの修道僧②

「神を信じない者は、神の僕である民衆を信じない。逆に、神の僕である民衆を信じた者は、以前はまったく信じられなかったはずの、民衆が聖なるものとみなすものをしっかり目にすることができる」

■ヨブの物語

やがてゾシマの兄は亡くなります。この体験がまだ少年だったゾシマにとっては、「何もかもがわたしの心に拭いがたく刻まれ、胸の奥にひとつの秘かな思いが宿ることになった」のです。

そして母と二人になった3年後、その母も亡くなります。

当時家には、『旧約・新約聖書からとった百四の聖なる物語』という標題で、すばらしい挿絵《さしえ》のたくさん入った聖書物語があって、これで読み書きも学んだのだった。その本はいまもわたしの書棚に並んでおり、かけがえのない記念として保存してある。だが、読み書きを覚える前のまだ八歳ぐらいのとき、初めてある精神的な啓示のようなものが訪れたのをわたしは覚えている。（中略）

一人の少年が、大きな本をたずさえて会堂の中央に歩み出てきた。本はあまりに大きすぎて、その時のわたしには運ぶのさえたいへんそうに見えたが、少年はそれを経机《きょうづくえ》にのせると、ページをめくって朗読をはじめた。そのとき突然、わたしははじめて何かを悟った。生まれてはじめて、教会で何が読まれるかを理解したのだ。

［２巻３７１ページ14行］

それは、ヨブの物語でした。ウズとは、パレスチナの東にあったとされる、旧約聖書『ヨブ記』の主人公ヨブの出生地とされている地方です。

ウズの地に、一人の心義《ただ》しい、信仰心に篤い男がいた。たいそうな金持ちで、たくさんのラクダや羊やロバを持ち、子どもたちは陽気に遊びまわっていた。男はその子どもたちをとても愛し、子どもたちのために神に祈っていた。遊びまわるうちに何かまちがいをおかしてはたいへんと思ったのだ。

そしてあるとき、悪魔が神の子たちとともに神のもとに上っていき、地上と地下の国をくまなく回ってきたと主に告げた。「で、おまえはわたしの僕《しもべ》であるヨブに会ったのかね？」と神は悪魔にたずねた。そして神は、自分の偉大で聖なる僕を指さして自慢された。

すると悪魔は、神の言葉ににやりと笑ってこう答えた。「ヨブをわたしにお渡しくだされば、あなたの僕が不満をこぼし、あなたの名を呪うところを、お見せいたしましょう」。そこで神は、自分が愛してやまない、心義《ただ》しい僕を悪魔にあずけた。

悪魔はヨブの子どもたちや家畜をうち殺し、まるで神の雷《いかずち》のように、彼の富を何もかもいきなり吹きちらした。そこでヨブは自分が着ていた服をひき裂き、地面につっぷして叫んだ。「わたしは裸のまま母の胎内から出て、裸のまま大地に帰る。神が授けたものを、神が取り上げられたまでだ。これからも神の名が永遠に讃えられますように！」

［2巻372ページ15行］

悪魔の申し出によって、神はヨブを悪魔にあずけます。

神父さま、先生方、どうかわたしのこの涙をお許し願いたい。なにしろ幼年時代のことがまざまざと目の前によみがえってくるようで、いまこうして息をしていても、まるで当時八歳の幼い自分が息をしているような感じがし、あの頃と同じように驚きとまどい、喜びを感じているからだ。
当時のわたしの想像をいっぱいに占めていたのは、ラクダたちであり、神とあのようにして話をする悪魔であり、自分の僕《しもべ》をあのように破滅させてしまう神であり、「たとえわたしを罰しようと、主よ、あなたの御名が讃えられますように」と叫ぶ神の僕であり、さらには、堂内に静かにひびきわたる「わたしの祈りが聞きとどけられますように！」の甘い歌声、司祭がたずさえる香炉から立ちのぼる煙、膝を折って祈りを捧げる人々の姿だった！

[2巻373ページ15行]

「神とあのように話をする悪魔」とは？　ヨブ記では神の解放のときにサタンが出てきますが、実は、そもそも悪魔は神様と結構近いところにいました。サタンは持っているパワーがそれほど強くない。それが中世になると、サタンの名前はあまり登場しなくなり、ルシファーという名前になってもう少しパワーアップする。近代になるとさらに進化して、メフィストフェレスになる。これはものすごく強い。

悪魔はどんどん進化して形を変え、それぞれ危険性も違います。その辺を詳しく知りたければ、ジェフリー・バーバラ・ラッセルというカリフォルニア大学の悪魔論の専門家が『悪魔』『サタン』『ルシファー』『メフィストフェレス』（教文館）という四部作を出しています。でも、すべて読むのはかなり骨が折れますから、それら全体を一冊にまとめた『悪魔の系譜』（青土社）がおすすめです。それを読めば西洋の悪魔論について、だいたいの概要がわかります。

ここでは、聖書に悪魔という存在が登場することをおさえておけばいいでしょう。

■聖書の中の悪魔

それからというもの――つい昨日も手にしたばかりだが――わたしはこの聖なる物語を、涙を流さずには読むことができなくなった。それにしてもこの物語には、なんと偉大で、神秘的で、想像もおよばないことが書かれていることか！

その後、わたしは嘲笑や中傷が好きな連中の言葉をよく耳にしたものだった。傲慢な言葉だった。神ともあろうものが、自分の聖人のなかから最愛の者を悪魔の慰みにゆだね、彼から子どもを奪い、病気や腫物で苦しめ、土器のかけらで傷口の膿《うみ》をかき出させるようなまねがよくもできたものだ。その理由を問えば、「見るがいい、わたしの聖人はわたしのためならあれほどのことにも耐えられる！」と悪魔たちに自慢したいがためではないか、というのだ。

［2巻374ページ9行］

たしかに、「神ともあろうものが、自分の聖人のなかから最愛の者を悪魔の慰みにゆだね、彼から子どもを奪い、病気や腫物で苦しめ、土器のかけらで傷口の膿《うみ》をかき出させる」といった目にあわされるのは理不尽な話です。なぜ聖書はこういう物語になるのだろうか。これは、仏教との対比で考えるとわかりやすくなります。

仏教の場合、良いことをすれば楽な結果があるとか、悪いことをすれば苦しくなるとか、善業楽果、悪業苦果というふうに縁起で考える因果律というものが非常に強い。しかし、キリスト教は物事を因果関係で説明しません。われわれの限られた知恵では神のお考えはわからない。だから、われわれから見ると理不尽なことがいくらでも起きるが、それ全体が神の計画であり、因果律を超えることが起きるのは当たり前だと捉えます。

これはユダヤ教、キリスト教の考え方ですが、ニーチェに言わせると、これこそが負け組のいじけた奴隷道徳だということになります。弱者の強者に対するねたみや恨みから生まれた道徳だというのです。

ユダヤ教やキリスト教には、因果律を超えるようなところがあることを知っておいてください。最終的にキリスト教は反知性主義で、仏教のほうがよほど知性を大切にします。そういう点に注意してドストエフスキー作品を読んでいくと、さらに読みが深まります。

次も少し長めに引用しますが、じっくり味わってみてください。


しかし偉大な点は、まさにここで神秘が行われ、地上のつかのまの顔と永遠の真理とが、ともにひとつに交わったという点にある。地上の真実のまえで、永遠の真理の営みが成就される。そこで造物主は、天地創造の最初の日々に「わたしが創ったものは良い」と毎日賛美なさったように、ヨブを見て、あらためて自分の創造物を賛美なさったのだ。いっぽうヨブは、神を讃えることで、たんに神だけでなく子々孫々、永代にわたって、神のすべての創造物にも仕えることになった。なぜならそれが彼の定めだったからだ。それにしても、ああ、なんという書物、なんという教訓だろうか！　この聖書こそ、なんという書物だろうか、この書物によって、なんという奇跡、なんという力が人間に与えられていることか！

あたかも、世界と人間と、人間の持ついくつもの性格を彫り刻んだものでもあるかのように、未来永劫にわたってすべてのものが名づけられ、示されているのだ。しかもそこではどれだけ多くの神秘が解決され、啓示されていることか。

神はふたたびヨブを立ち直らせ、ふたたび富を与え、多くの歳月が流れすぎて、彼にはすでに別の新しい子どもたちがいて、彼はその子どもたちを愛している。でも、わたしにはこんなふうな気がしたものだ。「どうして彼は、これらの新しい子どもたちを愛することができるのだろうか。昔の子どもたちはいないのに、昔の子は奪われたというのに？　たとえ、新しい子どもたちがどんなに愛《いと》しくとも、昔の子どもを忘れずにいながら、はたして以前と同じように、新しい子どもたちとも十分に幸せな気持ちでいられるのだろうか？」
［2巻375ページ2行］

ドストエフスキーは、ここで何を言っているのでしょうか。「この聖書こそ、なんという書物だろうか、この書物によって、なんという奇跡、なんという力が人間に与えられていることか！」と、ヨブの物語については一応納得しているということになっているよね。要するに、神を信じていたと。

そして、「彼にはすでに別の新しい子どもたちがいて、彼はその子どもたちを愛している」。しかし、「でも、わたしにはこんなふうな気がしたものだ。『どうして彼は、これらの新しい子どもたちを愛することができるのだろうか。昔の子どもたちはいないのに、昔の子は奪われたというのに？』」とも言っている。つまり、新しい子どもを与えられたからといって、前の子どもは神によって理不尽に殺されてしまったわけでしょう。その子どものことを忘れられようか、そんなはずはあるまいと。だとしたら、神様を信じていると言えるだろうか？　信じてはいるかもしれないが、大きな不信がありますね。

こうしてじっくり読んでいくと、複数のメッセージが伝わってきます。表面で言っていることとは真逆のことも行間から染み出てくる。このように多義的に読めるのが、ドストエフスキーのポリフォニー（多声性）です。文芸批評家の中には、ドストエフスキー作品にポリフォニー性などないと主張する人もいますが、ポリフォニーとして読んだほうが面白いと思います。

■人から神へ

「新しい子どもたちとも十分に幸せな気持ちでいられるのだろうか？」と問いながら、「そう、たしかにいられるのだ」と次のように続きます。

そう、たしかにいられるのだ。古い悲しみは、人間の生命がはらむ大いなる神秘によって、しだいに穏やかで感動に満ちた喜びへと転化していくものなのだから。わき立つような若い血潮にかわって、穏やかな明るい老年が訪れてくる。（中略）そうしたもろもろのうえに、人々を感動にみちびき、和解させ、すべてを許してくれる神の真理が宿るからだ！

命が尽きようとするいま、わたしにはこのことがわかるし、耳にも聞こえてくるが、残り少なくなった日々の訪れごとに、わたしは自分のこの地上での人生が、新しい、無限の、知られていない、しかし間近に迫った来世での人生とひとつに触れ合おうとしているのを感じ、その来世の予感から魂は歓喜にふるえ、知恵はかがやき、心は喜びに泣いているのだ……。

［2巻376ページ5行］

老年となって死が近づいた今、この世のものが美しく感じられる。しかし、「いやいや、本来人間に重要なことは、この世の中のことではなくて来世のことだから」と、ここでまた話を吹っ飛ばしてしまいます。ここは、神と人間の関係について語ろうとしているところで、少し解説が必要です。

ロシア正教と欧米のキリスト教、特にカトリックとでは、「神と人間の関係」の捉え方に違いがあります。欧米のキリスト教は、基本的には神から人間へのベクトルです。砂時計の上に神がいて、その砂が民衆のもとへ落ちてくるというイメージになります。砂時計のくびれの部分に当たるのがキリストで、砂がそこを通ることで人間は上からの恩恵によって救われるという構成になっています。上から下への一方的なベクトルで、神は圧倒的に高いところに存在し、人間との断絶性を強調します。

しかし、ロシア正教の場合は、神が人になったのは人が神になるためだと考えます。そのため、砂時計のモデルで言えば、下から上へのベクトルが働き、砂は逆流します。

そうすると、今ここでゾシマが「その来世の予感から魂は歓喜にふるえ」と、あの世に幸せがあると期待しているのは、実はあまり正教的ではありません。正教では、この世界を変容させても天国にはならないが、天国に近づけることはできる、という考え方になります。だんだん、ゾシマの内面が明らかになってきました。

もう一歩、思索を進めていきます。今考えてきたようなことを、神様という言葉を抜きに実現しようとしたらどうなるか？　それを体現したのがソビエト型の共産主義です。ソビエトで共産主義が生まれたのは、ロシア正教には人が神になっていくと考える土俵があるからです。ロシア革命も、人間が神の意志を体現して、地上で理想的な環境をつくる準備をするという発想が根底にある。

それはウクライナ戦争にもつながっています。ロシア人からすると、この戦いは神になっていくためのプロセスだという考え方があるわけです。ロシア人には当たり前だと思えることでも、欧米の人たちにとっては理解が難しいことがたくさんあるのは、「神と人間の関係」の捉え方に違いがあるからなのです。

ゾシマとドストエフスキーの考えが必ずしも一致しているわけではありませんが、この部分には、実は正教的ではない考え方が表出していることを知っておきましょう。

■ロシア正教と民

友人たち、先生方、わたしがこれまでなんども耳にし、とくに最近になってますます耳元に届くようになったのは、わが国の司祭たち、とくに田舎の司祭たちが、自分の収入が少なく、地位も低いことをあちらこちらで涙ながらにこぼしていることだ。なかには活字にまでして――わたしも読んでいる――、自分たちの収入がこうも少なくては、民衆に聖書を教えることもままならない、ルター派や異教徒たちがやってきて羊の群れを奪いはじめるにしても、自分たちの収入がここまで少なければ奪うにまかせるしかない、と公言するものがいるという。

［2巻377ページ2行］

田舎の神父はどうしてお金がないのか。答えは単純で、その土地の人たちが貧しいからです。ロシアは、貴族衆と民衆のあいだにものすごく大きな断絶がある。ごく一部の人は大金持ちで、あとはみんな等しく貧乏。そのうえ識字率が極端に低い。ドストエフスキーの時代、田舎の神父というのは文字が読めれば誰でもなれるぐらいの感じでした。

ロシアの作家アレクサンドル・アファナーシェフの『ロシア民話集』を読むと、助平な神父の話ばかり出てきます。神父と民衆は非常に近い距離感にあったものの、教育的なレベルはそれほど高くなかったのです。

そもそもロシア正教では聖書の話などあまりしませんし、聖書を読ませることも奨励していません。民が聖書を読んで勝手な解釈をすると、そこから異端が生まれると考えたからです。特に旧約聖書には、ペリシテ人（古代パレスチナの民族）を皆殺しにしろという教えや、一夫多妻制を認めるという記述がある。そこから、信徒の混乱を避けるために、聖書は神父の指導によって教会の中で正しく読まなければいけないという教えに至るわけです。

このころロシアにも、宗教改革を唱えたルター派や、聖霊を重視するペンテコステ派、バプテスト派の宣教師が入ってきました。その人たちが持ってきた聖書を民衆が読むようになるのです。ロシア正教には伝統的にこうした時代背景があります。

一週間にせめて一時間ぐらいは神さまのことを考える時間があるはずである。

それに一年じゅう仕事があるわけでもないだろう。一週に一度、晩の時間に、最初はせめて子どもだけでも自宅に呼び集めてはどうだろうか。(中略)
その人たちにさっきの書物を開いてやり、むずかしい言葉はさけ、尊大なところや相手を見くだしたような態度は見せず、気持ちをこめて優しく読みはじめるがいい。そして、この書物を相手に読み聞かせていることを喜び、彼らが自分の言葉にしっかり耳をかたむけ、理解しようとしていることを喜び、自分もそれらの言葉をいつくしみながら、ごくたまには話をとめて、素朴な人たちにわかりにくい言葉を説明してやるといい。
[2巻377ページ14行]

プロテスタントの宣教師が来て、子どもたちを集めて教会学校をしている。正教会もそうすればいいんじゃないかと言っています。裏返すと、正教会はそういうことをそれまでやっていないということです。

心配はいらない、彼らはそれで何もかも理解してくれる。正教徒の心は何もかも理解するのだ！　アブラハムと妻サラのこと、イサクと妻リベカのことを読んできかせなさい。さらには、ヤコブが義父のラバンのもとへ行き、夢のなかで神と争い、「ここはなんと恐ろしい場所なのか」といった話を読んで聞かせ、民衆の敬虔な知恵をゆり動かしてやるのだ。

とくに子どもたちには、兄たちが血をわけた自分の弟、ゆくゆくは夢占いの偉大な預言者となる愛らしいヨセフ少年を奴隷として売り飛ばし、父には血だらけの服を見せて、あなたの息子は野獣に食い殺されたと告げるくだりを読んであげるといい。

［2巻378ページ11行］

アブラハムと妻のサラ、イサクと妻のリベカ、ヤコブ、ラバン、ヨセフと固有名詞が次々に登場しますが、日本人の多くにはどんな人物なのかピンとこないでしょう。こうしたキリスト教に関するバックグラウンドの違いを埋めるには、「旧約聖書の創世記の冒頭」が役に立ちます。

アダムとエバのエデンの園の物語、カインとアベルの兄弟殺しの物語、ノアの方舟、バベルの塔など、一度は聞いたことがある物語や名称が盛りだくさんで、それゆえ回り道のように感じるかもしれません。しかし、ドストエフスキーにとっての常識を自分のものにしつつ作品世界に触れるためにも、一読の価値があります。

創世記は、ユダヤ教、キリスト教、イスラム教という三つの宗教が共通して持っている物語です。この機会に読んでおくと、世界宗教についての知見を深めることもできます。何か一つ印象に残る物語について思索を深めてみたり、『カラマーゾフの兄弟』と照らし合わせてみたり、余裕のある方は2000字くらいを目途に文章をまとめてたりしてみてください。そうすることで、ドストエフスキー作品の読みの濃度を上げていけます。

■ドストエフスキーの民衆観

ドストエフスキーの価値観が現れている非常に興味深い部分があります。

神父さま、先生方、みなさんがとっくの昔からご存じの話で、わたしなどより百倍も上手にみごとに説いておられることを、幼い子どもに帰ってお話ししているのを、どうか怒らずお許しいただきたい。わたしがこの話をするのは、ただただ歓喜にひたっているからなのだ。なにしろわたしはこの書物が大好きなもので、どうかそれに免じてこの涙をお許しいただきたい！　神の司祭もまた泣くがいい、そうすれば、話を聞いている人たちの心が、それに応えてうちふるえるさまを見ることができるだろうから。

必要なのは、ごく小さな、一粒の種なのだ。民衆の魂のなかにその種を投げ入れてみなさい。すると種は死なず、民衆の魂でずっと生きつづけ、闇や罪の悪臭のなかにあってわずかに灯る光のように、偉大ないましめとして一生息をひそめつづけるだろう。だから、あれこれと説明する必要も、教えてやる必要もないのだ。民衆はじつにあっさりと、すべてを理解してしまうのだから。　［2巻380ページ5行］

「民衆の魂」とは何でしょうか。権力者と比べれば、力も知識もない民衆の一人ひとりはとても弱い存在です。しかし、その一人ひとりが集合したとき、民衆的な英知はものすごく強いものになる。この箇所には、ドストエフスキーがロシアの民衆をどのように見ているかが表現されていると私は考えます。それと同時に、ここに書かれていることは非常に正しいと感じています。

現在に引きつけて考えてみましょう。私の頭の中には、ウクライナ戦争を早くやめさせなければいけないという考えが常にあります。私はロシアと長くつき合ってきましたし、ウクライナの友人もいます。ただ、そういう私自身の背景があるからではなく、世間には戦争をやめさせなければいけないという言説より、価値体系の話をしたがる人の声のほうが大きいことが気になるのです。

実際の国際政治は、価値の体系、利益の体系と、もう一つが力の体系という三つから成り立っています。その三つ全部を合わせたバランスで成り立っているのです。ところが、国際政治の中心であるアメリカ人は、正しい価値観と力を持っている者がそれを世界に広めて利益を得るべきだと考えています。三つの体系がすべて一緒くたなのです。

仮にアメリカのこの価値観が正しいとしても、ウクライナの戦況を見て分があるのはどちらか。ロシアに経済制裁を加えたら石油とガスの価格が上がり、ロシアの外貨収入は逆に急増した。そう考えると、国際社会はロシアとつき合うほうが実利があると言えます。

実際の政治は、国家が主張する価値観だけを重視すると間違えます。民衆は何を望んでいるのかと言えば、これは間違いなく平和です。殺し合いなんか誰も望んでいない。その価値観がしっかり見えているどうかが、ウクライナ戦争の本質に関係しています。

ロシアのウクライナ侵攻について、私の考えを『プーチンの野望』（潮出版社・2022年6月刊）という書籍にまとめました。この本をどうして新潮社や講談社ではなく潮出版社から出したのかというと、ウクライナ戦争に関して、即時停戦や平和の実現について本気で主張しているのは創価学会の人たちだからです。

戦時に限らず、民衆に向けた声、平和に向けた動きが必要です。私たち作家がやるべきは、「必要なのは、ごく小さな、一粒の種なのだ。民衆の魂のなかにその種を投げ入れてみなさい」という言葉を実践することです。一粒の種を投げ入れ、その種が民衆の中できちんと受け入れられるようになったら、広がっていくと信じている。そういう意味においては、私は国民、民衆を信頼しています。

戦争は、民衆にとって悲惨な結果しかもたらしません。そのことをわれわれはしっかり考えなければならない。「一粒の種を植えれば、あとは民衆を信頼すればいいんだ」と「民衆の魂」を信じるドストエフスキーの発想が、ここでは冴えています。

■近代につながる思想

民衆についての話が続きます。

民衆には理解する力がないと、みなさんはお思いだろうか。ためしに、物語の続きを読んでやるといい。(中略)

それから、キリストの寓話も忘れてはいけないが、これはもっぱらルカの福音書にたよるのがよい(わたしはそうしてきた)。さらに『使徒言行録』では、サウロの回心(これはもう、ぜひとも読んでいただかなくては!)の話、終わりに『殉教者列伝』では、せめて神の人アレクセイや、偉大な女性のなかでもとりわけ偉大な喜びの殉教者、神の御姿を見、キリストを心に抱くとされたエジプトのマリアの話を読んできかせるのがいい。民衆の心を目覚めさせることができるのはこういった素朴な話なのだから。

[2巻381ページ1行]

福音書には、『マルコによる福音書』『マタイによる福音書』『ルカによる福音書』『ヨハネによる福音書』の四つがある。そのうちマルコとマタイとルカは共通テキストがその原型となり、それを神学用語で共観福音書といいます。ヨハネの文書は全然違う思想に基づいているので、ヨハネ文書と呼びます。

『ルカによる福音書』と『使徒言行録』は著者が一緒です。『使徒言行録』というのは、イエスが死んだあとにイエスの弟子たちが行った働きについて書いているわけだから、これはもう人間くさい物語です。弟子たちがけんかばかりして、最後はバラバラになって分かれていきます。

ここに出てくる『使徒言行録』までは、すべて聖書の中にある話ですが、『殉教者列伝』だけは聖書ではなく別の文書です。だから、「キリストを心に抱くとされたエジプトのマリアの話」はロシア正教で特に重視されているということではなく、ドストエフスキーが感銘を受けたのだと思います。

民衆は、司祭の熱意ある態度や感動に満ちた言葉をしっかりと受けとめ、自発的に野良仕事を助け、家事の手伝いも進んでやるようになり、以前にもまして敬意を払うことになる。そうなれば司祭の収入もおのずから増えようというものだ。仕事の中身があまりに愚直すぎて、下手をすると人に笑われるのではないかと恐れ、言い出すのもはばかられるが、その実、これはきわめてたしかなやり方なのだ！

神を信じない者は、神の僕である民衆を信じない。逆に、神の僕である民衆を信じた者は、以前はまったく信じられなかったはずの、民衆が聖なるものとみなすものをしっかり目にすることができる。民衆とそこにやがて培われる精神力こそが、ひとえに、生みの大地から切り離されたわが国の無神論者たちを改宗させられるのだ。それに、実例をともなわないキリストの言葉などどれほどのものか？　神の言葉をもたない民衆は滅び去るしかない。なぜなら、民衆の魂は言葉を求め、ありとあらゆるすばらしいものを理解することに飢えているのだから。

［2巻381ページ14行］

「神を信じない者は神の僕である民衆を信じない」。これはもうその通りです。宗教指導者でも政治家でも、自分自身の価値観を大切にしている人なら民衆を信用するでしょう。それとは反対に、民衆をばかにしているような政治家や宗教人が信じている価値観は、非常

に危ういものなのではないかということですね。

それから、「実例をともなわないキリストの言葉などどれほどのものか」とは、信仰を持つことは現世での自分の幸福にもつながると言っています。現世の問題も解決できないような宗教が、来世のことを解決できるはずがない、ということです。

この辺で示されている民衆重視の姿勢と、具体的で形のある信仰を重視するドストエフスキーの姿勢はとても近代的で、ドストエフスキーはやはり近代の人なのです。ドストエフスキーの魅力は、中世的な世界像と現代につながるハイブリッド性にあると言えます。もっとも、世界像が近代的でなければ、21世紀の今日でもドストエフスキーが読み継がれることはなかったでしょう。

13

第2部
第6編

ロシアの修道僧③

「世界じゅうがずいぶん前から別の道に入っていますし、まっ赤な嘘を真実と勘違いしたり、他人にもそういう嘘を求める時代ですからね」

■抑圧された革命

ゾシマの語りは、青年時代に移ります。

（c）俗界にあったゾシマ長老の青年時代と、青春の思い出。決闘

ペテルブルグの陸軍幼年学校には長いこと、ほとんど八年にわたって在籍し、新しい

教育を受けることによって、幼年時代の印象の多くに蓋をしてしまった。

［2巻385ページ11行］

陸軍幼年学校というのは、当時のロシアの超エリートコース。ドストエフスキーは陸軍工兵学校に入っており、これも幼年学校ほどではありませんがエリートコースです。

ただ不思議に思うのは、当時のわたしはそれでもいろんな本を読み、大きな満足を得ていたことだ。ただし聖書だけは、当時ほとんど一度も開いたことがないにもかかわらず、けっして手放さないで、どこに行くにも肌身離さず持ち歩いていた。この書物は、自分でもなぜかは知らず、「その日、その時、その月、その年のために」ほんとうに大事にしていた。

［2巻387ページ1行］

「その日、その時、その月、その年」という自分にとっての一つのカイロス、機会、タイミングのための本として、いつも聖書を持っていた。「今となってはそう思う」というように、考えを整理しているわけです。大きな出来事が起きて、その後に物事の意味がガラッと変わるということは誰にも経験があると思います。

こうして四年間軍務に服してから、わたしはやがて、当時わたしたちの連隊が駐屯していたK市にやってきた。この町の社交界はなかなか彩《いろど》りにあふれ、人の数も多く、にぎやかで客好きで豪奢な雰囲気があり、わたしはどこの家でも温かく迎えられた。根が陽気な性質だったのと、おまけに金づかいも悪くないとの評判が立っていたからで、このことは社交界ではそれなりの意味をもっていた。

［2巻387ページ6行］

「客好きで豪奢な雰囲気があり、わたしはどこの家でも温かく迎えられた」の部分について。なぜ家に行くのかというと、まだレストランというものが少ない時代だったからです。レストランは、下級貴族がパーティーを開くようになってから出てきます。超大金持ちたちは、自分の家にレストランを持っていました。それがサロンで、多くの場合は女性が主催し、客人を招くというのが貴族の習慣だったのです。もう少し幅が広がってくると、自分の家で大きなホームパーティーを開くことはできないが、人と食事をするためにお金を払える人たちがレストランに行くようになったというわけです。

ところが、初期のレストランはひどいものでした。酔っぱらってけんかになり、皿を割ったり家具を壊したりする。それなのに店が客を歓迎するのはどうしてかというと、損害分を全部伝票につけていいからです。皿代や家具代、サービス料をたっぷり上乗せできる。

ときには火をつけるようなひどいやつもいたから、全焼したらそいつに建物代も全部払わせることができました。

ゾシマが将校だった当時のロシアは、そういう時代でした。農民は奴隷として売買でき、そうした農奴制の元で社会が成り立っていたんです。

今でもロシアにはその痕跡があって、指導層の人と民衆では明らかに豊かさが違います。もちろん、昔ほどの富の差はないとしても、お互い相容れない関係であることには変わりありません。これはロシア特有のものです。

ところがそこにある事情が生じ、それがいっさいの発端となった。わたしは、ある若く美しい娘を好きになった。（中略）やがて、娘のほうも自分に気があるように感じられ、そんな思い込みから、わたしの心は一気に燃えあがった。

（中略）当時わたしは、自分の利己心に妨げられてプロポーズができなかった。ああいう若さで、おまけに金もあったので、放埒きままな独身生活の誘惑と手を切るのが、つらく恐ろしいことのようにも思えたのだ。（中略）ところがそんな折り、急遽よその郡へ二ヶ月間の出張命令が下った。そして二ヶ月して戻ってきたわたしは、娘がすでに郊外に住む金持ちの地主と結婚していることを知った。

（中略）そのときすぐにわかったことだが、この若い地主がかなり以前から彼女の婚約者で、わたしは彼の姿をそれこそ数えきれないほど彼女の家で見かけながら、うぬぼれに目がくらみ、何ひとつそれと気づかなかったことである。（中略）ただひたすら復讐の念にかられるばかりだった。いま思い出しても驚くのだが、わたしのこの復讐心と怒りは、当のわたしにとっても極度に苦しく、いまわしいものだった。

［2巻387ページ11行］

恋した女性の結婚相手に対するゾシマのこの「復讐の念」が決闘につながっていくんですね。これだけ多様な話をごちゃごちゃと入れて、破綻しない形でつなげられるドストエフスキーはやはりすぐれた長編作家です。要素がこんなにあると、普通は収拾がつかなくなりそうなものですが。

わたしは虎視眈々《こしたんたん》とチャンスをうかがっていたが、たまたま社交界のある大きな集まりの席で、ごくとりとめもない理由を見つけ、いきなりこの「ライバル」を侮辱することに成功した。つまり当時のある重大事件――それは一八二六年のデカブリスト事件のことだった――をめぐって彼が吐いた意見を笑いものにしてやったのだ。そのやり口はじつに機知にとみ、巧妙きわまりなかったというもっぱらの評判だった。

[2巻390ページ1行]

「一八二六年のデカブリスト事件」について説明しましょう。デカブリストの乱は、1825年12月14日（グレゴリオ暦12月26日）にロシア帝国で起きた反乱事件です。デカブリストとは、武装蜂起の中心となった貴族の将校たちを指し、反乱が12月（ロシア語でデカーブリ、Декабрь）に起こされたことからデカブリスト（十二月党員）の名で呼ばれました。この乱は、以後のロシアにおける革命運動に大きな影響を与えたとされている、非常に興味深い事件です。

古典的なナショナリズムは、権力者の教育水準がハイレベルで、その下にいる少数の人たちも教育を受けているという状況で生まれます。しかし、デカブリストの乱は、権力者の教育水準が低く、権力を持たない一部のインテリたちが非常に高い教育水準を持っているという状況で起きた革命です。ロシアにおける革命運動は、このような古典的なナショナリズムが発生しえない状況で起こったことも一つの特徴です。

このとき躍動するのは、悔い改めたインテリたちです。貴族であり知識人でもある自分たちが、今の状況に甘んじているのは良くないという考えのもとで行動を起こします。つまり、ゾシマはデカブリストに共感するインテリの一人だったということで、ドストエフスキーの中にある抑圧された革命の問題が表出していると考えられます。

デカブリストについては、イギリスの哲学者、社会人類学者、歴史学者として活躍したアーネスト・ゲルナーの『民族とナショナリズム』(岩波書店)で言及されています。非常に面白い現象なので、関心がある人は原著に当たるか、拙著『国家と資本主義　支配の構造――同志社大学講義録「民族とナショナリズム」を読み解く』(青春出版社)で言及しているので、ぜひおさえておいてください。

■決闘と回心

その後、彼に釈明を強《し》い、その釈明のさいに思いきりぞんざいな態度を見せつけてやったので、身分上大きな違いがあったにもかかわらず、彼としてもわたしの挑戦を受けて立たざるをえなくなった。事実、わたしは彼よりも若く、まだ半人前で官位も低かった。あとからはっきり知ったことだが、彼が挑戦を受けて立ったのは、わたしに対する嫉妬の感情からだったらしい。(中略)
わたしは、すぐに介添人を探しだした。同じ連隊に所属する同僚の中尉だった。当時、決闘はきびしく処罰されるならわしだったが、軍隊仲間ではそれが一種の流行のようなものにもなっていた。［2巻390ページ6行］

ゾシマが申し出た決闘は、近代国家においては認められていません。違法行為があった場合、国家が裁判で処理をするからです。決闘は、介添人がルールを見守り、互いに技を競い合うという行いではありません。どちらが勝つかどうかは神が決める。決闘が成り立っていたのは、決闘がくじと似ているからです。そこに神の意志があるという考え方のもとに成り立っているから、決闘には重要な意味がありました。

いよいよ明日決闘だというとき、ある出来事が起こります。

六月も終わり近く、わたしたちの決闘がいよいよ明日の朝七時、郊外で行われることになった。ところがその日、わたしの身に、まさに運命的ともいえる出来事が起こった。ぶざまに怒りくるって夜会から戻ったわたしは、従卒のアファナーシーになにやら腹を立てて、その顔を二度ばかり力まかせに殴りつけ、血だらけにしてしまったのである。

（中略）

愛するみなさん、あなたがたは信じてくださらないかもしれない。だが、あれから四十年過ぎたいまも、わたしはそのときのことを思い出すたびに、恥ずかしさと苦しさを禁じえない。（中略）人間は、ここまで落ちることができる、人間が人間を殴る！　なんという罪だろうか！（中略）……わたしは両手で顔をおおい、ベッドに体を投げ出すと、声をあげて泣きだした。

そしてそのとき、わたしはふと兄のマルケルと、兄が死にぎわに召使たちに放った言葉を思いだした。「大切なみんな、どうしてぼくに仕えたりするんだ、どうしてぼくを愛してくれるの、ぼくに仕える価値なんてあるのか？」

「そう、そんな価値があるのかい？」その言葉が、私の頭のなかで響きわたった。じっさい、わたしにどんな価値があって、わたしと同じ神の似姿である人間がわたしに仕えたりしているのか？　この問いがわたしの脳裏を刺しつらぬいたのは、このときが生まれてはじめてだった。「母さん、ぼくと血を分けた大事な母さん、人間はだれでも、すべての人に対して罪があるんだよ、ただだれもそれを知らないだけなんだ、もしそれを知ったら、すぐにも天国が現れるにちがいないんだ！」

［2巻391ページ2行］

ここで、従卒のアファナーシーを血だらけになるほど殴ったことに対するゾシマの回心が起きます。この心の動きは、熱心なユダヤ教信者でキリスト信者を迫害していたパウロが回心してキリストの使徒になる、「聖パウロの回心」と相似形になっています。

パウロは、キリスト信者の迫害へ向かう途中で突然光を受け、「なぜ、わたしを迫害するのか」というキリストの声を聞き、地面に投げ出され、一時的に盲目となります。闇と出会ったことで、キリストに従うことを悟り、宣教に生涯を捧げます。

キリスト教では、人間が心を入れ替える（回心する）のは神の働きによるものと考えます。ここで描かれているゾシマの回心も、自身の野蛮な行いを反省して生じたわけではありません。

「わたしにどんな価値があって、わたしと同じ神の似姿である人間がわたしに仕えたりしているのか？　この問いがわたしの脳裏を刺しつらぬいた」から変わったわけで、自分の内発的な力だとは書いていない。変わる契機というものは、外側から訪れるのです。心の変化は因果関係では説明できないということが重要なポイントになります。

同僚の中尉が、二挺のピストルをもってわたしを迎えに入ってきた。「起きていたか、そいつはよかった、そろそろ時間だ、行こうぜ」彼は言った。

わたしはうろたえ、途方にくれたが、それでも馬車に乗るために部屋を出た。そこで言った。「少しここで待っててくれ、すぐに戻ってくる、財布を忘れたみたいだ」そしてひとり家に駆けもどり、まっすぐアファナーシーの部屋に向かった。「アファナーシー、昨日おまえの顔を二度殴ったが、ほんとうに悪かった」とわたしは言った。彼はふいにぎくりとして、おびえきったようにこちらを見つめた。それだけではまだ足りないと思い、わたしは肩章のついた軍服姿でいきなり彼の足もとにひざまずき、床に額をつけた。「許してくれ」とわたしは言った。

これにはさすがに呆然となって、彼は言った。「中尉殿、旦那さま、どうしてまた……そんなもったいない……」そして彼は、先ほどのわたしみたいにふいに泣きだし、両手で顔をおおい、窓のほうにくるりと背を向けて全身を涙で震わせた。

［2巻393ページ14行］

ゾシマに回心が起きたことで、行動も変わってくるわけです。

決闘の場へ着くと、相手はすでに来ていました。

わたしたちは十二歩の距離をへだてて たがいに向きあい、最初の一発は相手が撃つことに決まった。彼の前に立ったわたしは、陽気だった。たがいにじっと顔を合わせ、まば

たきひとつせずにほれぼれと相手を見やった。自分がこれからどうするかがわかってい
たからだ。彼は銃を放った。銃弾はわたしの頰と耳のあたりを少しばかりかすっただけ
だった。
「ああ、よかった！」とわたしは叫んだ。「人を殺さずにすんで」。そこでわたしは自分の
ピストルを手にとり、くるりと背を向けて、「おまえはあっちへ行け！」と叫び、森に向
けて空高くピストルを放り投げた。それからまた相手方に向きなおり、「お願いです、ど
うかこのばかな青二才を許してください。悪いのはぼくです。あなたをさんざん怒らせ
たうえ、いまはこうしてピストルまで持たせてしまった。ぼくはあなたよりか十倍も悪
い、いや、きっとそれ以上でしょう。あなたが世界でだれよりも大事にしてらっしゃる
奥さまに、どうぞそのことをお伝えください」
［2巻395ページ3行］

ここで怖かったのは、弾に当たって命を失うことではない。では何なのか……と考えて
みてほしいのですが、もう少し先にならないと結論は出てきません。テキストの中ではほ
のめかしだけで結論は書かれていないので、テキストの外で結論を出す必要があります。
いろいろな解釈がありますが、私は相手に殺人を犯させなかったこと、「あなたは殺してはならない」という聖書の教えを守ることができてホッとしているのだと考えます。

■現代の民主主義とは

わたしはふいに心の底から叫んだ。「周りを見わたしてください、神の恵みです。晴れ上がった空、澄んだ空気、優しい草、小鳥たち、美しい汚れない自然、なのにぼくたちは、ぼくたちだけが神を信じない愚かもので、人生が楽園であることを理解していない。なぜって、ぼくたちがそれを理解したいと思いさえすれば、このうえもなく美しい楽園がたちまち訪れてきて、ぼくたちはたがいにひしと抱きあい、ともに泣くことができるんですから……」ほかにも言いたいことがあったが、それ以上言葉がつづかなかった。息がとまりそうになって、えもいわれず甘美で若々しい、これまでいちども感じたためしのない幸せが心のなかに押し寄せてきた。

［2巻397ページ10行］

これは一つのエコロジカルな世界観です。すなわち、神の創造というものは完璧にできているから、それをありがたく感謝して受け入れればいいということになります。でも、回心が起こる以前の自分にはそれが見えなかったという発想です。

そんなゾシマの様子に、決闘の相手が言葉をかけます。

「あなたのおっしゃることは、すべて理にかなっています。それに敬虔さもあふれている」と相手の男が言った。「いずれにしても、あなたはユニークなお方だ」「笑ってください」と笑いながらわたしは彼に言った。「いずれ褒めていただけるでしょうから」
「ええ、いまも褒めるつもりでいますが」と彼は答えた。「さあ、ひとつ握手させてください、どうやらあなたはほんとうに誠実なお方のようだし」
「いいえ」とわたしは答えた。「いまはだめです。握手はぼくがもっとまともな人間になってから、あなたの尊敬に値するようになってからです。そのとき握手させてください、そうしていただけたらうれしい」

［2巻398ページ2行］

自分がまだ罪深い人間だと思っていたため、ゾシマは握手をしませんでした。和解をする前提として、自分の悔いあらためが十分ではないと思ったのでしょう。握手というのは、和解のシンボルですから。

わたしは切り出した。「退役願いのことなら、ご心配は無用です。すでに提出済みですからね。今日、事務所に出してきました。退役の許可が下りたら、すぐにも修道院に入ります。辞表を出すのもそのためですから」
（中略）それから退役になるまでのまるひと月間、「よう、お坊さん」と声をかけられ、どこへ行くにもみんなに抱き上げられているような気分だった。そして、だれもがわたしにやさしい言葉をかけてくれた。（中略）「いや、やつはおれたちのヒーローさ、相手の射撃に耐えて自分のピストルで撃つこともできたのに、前の晩に修道僧になる夢なんか見たもんだから、それでこういうことになったんだ」

［2巻399ページ7行］

決闘事件のあと、ゾシマは修道院に入る決意を周囲に告げます。修道士になるということは、まったく別の世界に行くということだから、周囲からすればライバルでもなければ哀れむ対象でもなく、尊敬の対象になってしまったわけです。

わたしは答えた。「いえいえ、あなたがたにはとてもおわかりいただけないでしょうね。だって、世界じゅうがずいぶん前から別の道に入っていますし、まっ赤な嘘を真実と勘違いしたり、他人にもそういう嘘を求める時代ですからね。現にぼくが、いきなり一生にいちどのまじめな行動に出たら、どうでしょう。ぼくはもうみなさんから、神がかり扱いじゃないですか。ぼくのことを愛してくださってはいても、やはり笑ってらっしゃ

るでしょう」　［2巻401ページ6行］

　ここで重要なのは、「世界じゅうがずいぶん前から別の道に入っていますし、まっ赤な嘘を真実と勘違いしたり、他人にもそういう嘘を求める時代ですからね」というところ。

　2022年に起こった安倍晋三元首相銃撃事件を例にとると、事件当時、「民主主義への挑戦」という文言がメディアに飛び交いました。政治学者・宇野重規先生が言っている「誰が何に対して挑戦したのか、はっきりさせないで使う民主主義という言葉は、中身のないクリシェ（常套句）になっている」（朝日新聞デジタル2022年7月18日）という主張が、かなり当を得ているように思います。

　犯行の理由が特定の宗教団体に対する恨みであれば、政治目的ではないからテロとは言えない。だから、民主主義とは直接的に関係しない問題と言えますが、それはあまりにも単純化しすぎています。

　他方で、家庭をめちゃくちゃにした宗教団体に対する自分自身の不満の回復は、本来は裁判か言論を通して行うのが民主主義です。それを銃撃という直接的な行動で恨みを晴らすとなると、それは民主主義的なシステムが機能していないことになります。だから、この行為を悪質な選挙妨害や暴力で脅すテロと同じだとするのもあまりにも乱暴です。

民主主義という言葉が独り歩きし、いまだに議論が混乱してしまったままです。

「まっ赤な嘘を真実と勘違いしたり、他人にもそういう嘘を求める時代」とは、近代、特に新聞が誕生してマスメディアが世の中に浸透して以降の、われわれの認知作用のゆがみを指しているのかもしれません。大きな事件やトピックが発生すると、みんな簡単に踊らされて本質を見失ってしまいかねない状況です。価値観が大きく変動しつつあるこの21世紀にドストエフスキーを読むことで、民主主義の限界について考えさせられます。

14

第2部
第6編

ロシアの修道僧④

「いずれこの恐ろしい孤立にも終わりがきて、人々がばらばらに孤立していることがいかに不自然かということを、だれもがすぐに理解するようになることはまちがいありません」

■謎の訪問者

ゾシマはある夜会で、謎めいた年配の紳士と出会います。

その人物はかなり以前からこの町に奉職し、それなりに高い地位にあって、町じゅうの尊敬を集めている財産家だった。彼はまた慈善家として知られ、巨額の金を養老院や孤児院に寄付し、ほかにも数多くの慈善を匿名で行ってきたが、そうした事情がすべて明らかになったのは当人の死後のことである。

(中略)

「わたしは」部屋に入ってきた紳士が口を開いた。「ここ数日、いろいろなお宅であなたの話をうかがい、たいへん興味をもちましたもので、まあ、なんとしてもあなたと個人的なご縁をもちたい、もっと詳しくお話をうかがえればと考えたしだいです。ぜひそういうご親切にあずかりたいと願っておりますが、いかがなものでしょう?」

「ええ、喜んで。ぼくとしてもたいへん光栄です」そう言ってはみたものの、わたし自身、内心ではほとんど怖気《おじけ》づいていた。初めて顔を合わせたときから、それぐらい彼には驚かされた。というのもわたしの話を聴き、それなりに興味をもってくれる人はいても、これほどひたむきな、きびしい様子で近づいてきた人はこれまで一人もなかったからだ。そのうえこの人は自分からこの部屋にやってきた。

[2巻402ページ12行]

内面の心の動きが非常にリアルです。相手があまりに真剣なために、ゾシマでも怖かったというわけですね。

椅子に腰をおろし、「あなたが」と彼は言葉をつづけた。

（中略）

もし、わたしのこのぶしつけな好奇心にお腹立ちでないようでしたら、あの瞬間《とき》、決闘場で相手に許しを求めたとき、あなたはいったいどんなことをお感じになっていたのか、もう少し詳しくうかがえないものでしょうか（中略）

彼がこう話をしているあいだ、わたしはずっと相手の顔を見つめていたが、そのうちふと彼に対してこのうえなく強い信頼感を覚え、それればかりか、わたしの心のうちにもなみなみならぬ好奇心が湧いてきた。というのも、彼の心になにか特別な秘密があるらしいのを感じたからだった。

［2巻404ページ6行］

決闘相手に許しを求めたことについて関心を持つということは、この謎の男の内面にも同じような問題があるからだとゾシマは考えたわけです。

ゾシマは決闘の前夜、従卒を血だらけになるまで殴ったことなど、一部始終を話して聞かせます。それ以降、謎の紳士は毎晩のようにゾシマを訪れるようになりました。

「人生こそ天国であるというのは」彼はふいにこう切り出し、「わたしも、かなり前から考えていることです、いつも、それればかり考えているんです」と言い添えた。わたしを見て彼はほほえんだ。「この点については、わたしはきっとあなた以上に深く確信していると思います。理由はあとでお聞かせしましょう」

［2巻407ページ3行］

ここで「天国」が出てくる。男はこんなことを言います。

「天国は」と彼はつづけた。「わたしたちひとりひとりのうちに隠されていて、現にわたしのなかにもそれがあり、わたしもその気になれば、明日にもじっさいに天国がわたしに訪れ、それがずうっと一生つづいていくんです」（中略）「どんな人間にも、自分の罪のほかに、すべての人すべてのものに対して罪があるというお話ですが、あなたがそのようにお考えになったのはまったく正しいことで、どうしてあなたがこれほど完璧なかたちで突然そういう考えをいだかれたのか、じつにふしぎでならないのです。人々がそういう考えを理解すれば、彼らの天の王国はもはや夢ではなく現《うつつ》のものとなるのです。これはほんとうにまちがいのないことです」

［2巻407ページ9行］

「天の王国はもはや夢ではなく現」というのは、地上つまり現実の世に天国が現れているということです。この時代、まだ共産主義は生まれていないのですが、ここには共産主義的な考え方が見てとれます。

「ほうら」と彼は答えた。「あなたも信じてらっしゃらない。自分で教えを説いておきながら、信じてらっしゃらない。いいですか、あなたがおっしゃるように、この夢はいつかかならず実現するのです。そう信じてください。ただし、いますぐというわけではありませんよ。なにしろ、どんな出来事にもそれなりの法則というものがありますからね。これは精神的な、心理的な問題なんです。世界を新たに作りかえるには、人々は心理面で別の道へ方向を転じなくてはならないんです。じっさい、だれもがほんとうの兄弟にならないうちは、兄弟愛などやってはきません。人々はどんな学問、どんな利益をもってしても、恨みっこなしで財産や権利を分けあうことなどぜったいにできません。取り分が少ないと言ってはいつになっても不満をこぼし、人を羨み、殺しあったりしているんです。あなたはさっき、いつ実現するのかとおたずねになりましたね。かならず実現することですが、そのためにはまず人間の孤立の時代が終わらなければなりません」

[2巻408ページ6行]

ここは「大審問官」とパラレルになっています。大審問官は、人に自由を与えてしまうとパンを分けあたえることができないと言いました。だから、一部の人たちは豊かになるけど、飢える人たちが出てくる。しかし、人間というのはそれを放置してしまうから、強い力で抑えつけなければいけないというのです。

この謎の男も「取り分が少ないと言ってはいつになっても不満をこぼし、人を羨み、殺しあったりしている」と同じ現状認識を示しながら、「世界を新たに作りかえるには、人々は心理面で別の道へ方向を転じなくてはならない」と、大審問官とは別の処方箋を出しています。そして、「そのためにはまず人間の孤立の時代が終わらなければなりません」と主張します。

「で、それはどんな孤立なんです?」とわたしはたずねた。

「いま、とくにこの十九世紀になって、世界のいたるところに君臨している孤立ですよ。ですが、孤立の時代はまだ終わっていませんし、その時期も来ておりません。というのは、いまでは猫も杓子も自分をできるだけ目だたせることに夢中ですし、人生の充実を自分一人でも味わいたいと願っているからです。ところが、そうしたもろもろの努力の結果生まれてくるのは、まぎれもない自己喪失なのです。それというのも、自分の存在をはっきり際立たせてくれる人生の充実のかわりに、完全な孤立におちいっているからです。なにしろこの十九世紀においては、何もかもが細かい単位に分かれてしまい、すべての人が自分の穴に閉じこもり、他人から遠ざかり、自分自身を、自分が持っているものを隠し、ついには自分から人々に背を向け、自分から人々を遠ざける結果になっているからです。

［2巻409ページ2行］

インスタグラムなど、現代のSNSの世界なんかがまさにそれですね。

「何もかもが細かい単位に分かれてしまい」とあるように、家族の形態が多様化している今、母子家庭や父子家庭、シングルの人がこれからますます増える社会になっていく。そうした人たちを守る社会的な構造が日本は未成熟です。だから、今、われわれは社会としてかなり追い込まれた状況にあるのは間違いない。

しかし、いずれこの恐ろしい孤立にも終わりがきて、人々がばらばらに孤立していることがいかに不自然かということを、だれもがすぐに理解するようになることはまちがいありません。時代の息吹がすでにそうしたものになっていて、自分たちがこれほど長く闇にとざされ、光を見ることができずにいたことに驚きの目をみはるはずです。そのときこそ天上に人の子の徴《しるし》が現れるのです……ですが、それまではやはり信仰の旗を大切にしなければなりません。いえ、たとえ一人でも人間はあえて手本をしめし、魂を、孤立から、兄弟愛による一体化というヒロイックな営みへ、導いていかなくてはいけません。たとえ神がかりと見られようとも、です。それこそ偉大な思想を死なせないためなのです……」

〔2巻410ページ7行〕

近代になり、一人ひとりの人間はアトム（原子）のように孤立化してしまっている。これを回復する状況が来るのだけど、それは「天上に人の子の徴」が表れるということだから、人間の力だけではできない。タイミングが来るのを待たなければいけないという考え方で、これはつまり終末論的な考え方です。

■告白

謎の男はゾシマのもとへ通いつめます。

そんなある日、わたしは思いもかけず、彼が長い熱弁をふるったあとで急に青ざめ、顔をすっかりしかめながら、こちらをじっとにらみつけているのに気づいた。

「どうなさいました、また気分がお悪いのですか？」わたしはたずねた。

そのとき彼は、まさに頭痛を訴えていたのだ。

「わたしは……じつは……その……人を殺したことがあるんです」

そう言って彼は微笑んだが、顔にはまるで、血の気がなかった。なぜ微笑んだのか——、まだ何ひとつわからないうちに、わたしはふとそんな思いに刺しつらぬかれた。わたしも血の気がひいた。

［2巻412ページ8行］

男は、14年前「金持ちの女性で、若く美しいさる地主の未亡人」を恋情から殺したことをゾシマに打ち明けます。罪の嫌疑をかけられた農奴の下男は、逮捕されてしばらくすると熱病で死んでしまいます。その後、謎の男は自分の罪を隠して「孤独な悩みを結婚で追い払おうと」、「ある美しく聡明で若い女性」と結婚し、そこからまた物語が展開していきます。

——

子どもが生まれた。《どうしてこのおれに、子どもたちを愛したり、しつけたり、教育することができるだろう。どうやって子どもたちに善行について話せるだろう。そもそも自分が他人の血を流しているというのに》すくすくと育っている子どもたちを愛撫したくなると、《おれにはこの子どもたちの、汚れない明るい顔が正視できない、その資格がない》と思う。ついに彼は、自分が殺した犠牲者の血や、若くして滅ぼされた生命や復讐を叫ぶ血が、恐ろしく生々しく瞼《まぶた》に浮かぶようになった。悪夢を見るようにもなった。

［2巻419ページ2行］

幸せな状況になったうえに、子どもまで授かった。でも、「おれにはこの子どもたちの、汚れない明るい顔が正視できない、その資格がない」と思うようになったと言うのです。

社交界では、彼のきびしく陰気な人柄を一様に恐れながらも、その慈善事業に対して尊敬が集まっていた。だが尊敬されればされるほど、彼はますます耐えがたい気持ちになった。自殺したほうがましとまで思いつめたことがあると、彼はわたしに告白した。

しかしそのかわり、別の想念も頭に浮かぶようになった。はじめはその想念を自分でもとうていありえない、正気とは思えないと考えたが、やがて彼の心に深く食い入り、もはや振りはらうことはできなくなった。

想念とはこのようなものだった。決然と人前に出て、自分は人を殺しましたとみんなに告白するのだ。この想念をいだいたまま彼はおよそ三年間過ごしてきたが、想念はつねにさまざまな姿をとってきた。そうして彼はついに心の底から、自分の罪を告白することでまちがいなく自分の魂を癒し、永遠に心の安らぎを得ることができると信じるようになった。
［2巻419ページ11行］

ポイントは告白という考え方です。謎の男が告白しようかと悩むわけですが、告白という行いは意識の領域だけでは説明できないものです。なぜなら、抑圧された無意識が存在し、その無意識がその人の行動を規制していくからです。

その意味において、ドストエフスキーは少し後の時代の心理学者であるフロイトが提示した「無意識的葛藤の概念」を先取りしていると言えます。

この謎の男の犯行はいわば完全犯罪で罰せられることはないものの、自分の内面において重い問題を抱えている。普段は慈善家や良き夫、父親として、人を殺すなんて考えられないという顔をしているわけだから、内面との大きな不一致があります。内面の自分というものを認識し、その内面を告白するという行いは、実は非常に近代的です。

古代や中世では、人は自分が考えていることを告白しなければいけないというのがごく普通のあり方でした。ところが、近代で発生した宗教の自由や表現の自由という概念によって、内心について表現しなくてもいいということになった。つまり、他者によって告白させられないということで、これはとても大きな変化です。

たとえば、「あなたはキリスト教を信じていますか」と質問されても答えなくていい。「あなたは共産党の集会に参加したことがありますか」「あなたは創価学会の文化会館に通ったことがありますか」といった質問に答えなくてもいいんです。参加し通ったかどうかは客観的事実であるとしても、その行いは自分の内心ときわめて密接に結びつくからです。

だから、「選挙であなたは何党に投票しましたか」という問いにも答えなくていい。「私は何々党を支持しています」と自発的に公言することとは、その点が違います。他人が「あなたは何々党を支持しているんですか」と尋ねることに対して答えないのは不誠実でも何でもない。それは、内心の自由だからです。

だからこそ、この謎の男には葛藤がある。ドストエフスキーは、こうした人間の内面をよく注視して描いています。

テキストに戻りましょう。男はすべてを告白しようと決意するものの、なかなか実行することができません。


「こちらにうかがうたびに、あなたはいつも、『また告白しなかったのか』といった好奇の色を浮かべてわたしをごらんになる。もう少し待ってください。そう軽蔑なさらないでください。あれを決行するのは、あなたが思うほど簡単じゃないんです。ひょっとしたら、わたしはまるで決行しないかもしれませんし。そうしたら、あなたはわたしを密告なさらないでしょうか、どうです？」　［2巻423ページ3行］

人間の意志なんてあいまいなもので、いったん決めたことも時間の経過とともに両極に揺れるものです。これも人間の誇るべき特性でしょう。

「わたしはいま」と彼はつづけた。「妻のところから来たんです。妻とはどんなものか、お分かりになりますかな？　家を出るとき、子どもたちはわたしにこう叫んでましたよ。『パパ、行ってらっしゃい。早く帰ってきて、いっしょに《子どもの読物》読んでね』。いや、わからんでしょうな！　他人の不幸、思案の外《ほか》、と言いますからね」

（中略）これからも一生苦しむ覚悟でいます。でも、せめて妻や子にはショックを与えたくない。自分の巻きぞえにして妻子を滅ぼすことが、はたして正しいことでしょうか？　わたしたちはまちがっていないでしょうか？　これのどこが真理だっていうんですか？　世間の人々は、そんな真理をきちんと認識してくれるんでしょうか。認めてくれるんで

しょうか、重んじてくれるんでしょうか？」　［2巻423ページ11行］

この男は自分の家族や世間の目といったことしか頭になく、神のことを考えてはいません。これも神が不在な近代史全体の特徴です。ドストエフスキーは、この点も見事に描いています。

■「生ける神の手」

《ああ！》わたしは心のなかで嘆いた。《この期《ご》におよんでもまだ、世間の人たちの尊敬などということを考えている！》そのとき、わたしはあまりにも彼のことが気の毒になり、少しでも楽にしてやれるなら、彼と運命をともにしてもよいとまで思った。彼が錯乱しているのがわかった。わたしは慄然《りつぜん》とした。彼のそうした決意がどれほど高くつくか、もはや頭ではなく、生きた心ではっきりと理解できたからだ。

「さ、わたしの運命を決めてください！」彼はふたたび叫んだ。

「行って、告白してください」ささやくような声で、わたしは言った。十分には声が出なかったが、わたしははっきりとそうささやいた。わたしはそこで、テーブルからロシア語訳の福音書を手にとり、『ヨハネの福音書』第十二章二十四節を彼に示した。

『はっきり言っておく。一粒の麦は、地に落ちて死ななければ、一粒のままである。だが、死ねば、多くの実を結ぶ』わたしはこの一節を、彼がここに来る直前に読んだばかりだった。

　彼も読んだ。「たしかに」と彼は言い、苦しげに笑った。「この書物では、そう」と彼は、しばらく黙りこんでから言った。「なんとも恐ろしい言葉にお目にかかりますな。それを他人の鼻っさきに突き出すのは、わけもないことですよ。それにこれはいったいだれの書きものです。人間じゃないでしょうが?」

「聖霊が書きました」とわたしは答えた。

「口先ですむんですから、あなたは楽ですよ」彼はまた含み笑いをもらしたが、それはもう、ほとんど敵意すら含んだ笑い方だった。わたしはまた聖書をとり、今度は別のところを開いて、『ヘブル人への手紙』の第十章三十一節を示した。彼は読んだ。

『生ける神の手に落ちるのは、恐ろしいことです』

[2巻424ページ12行]

　ゾシマが男に示した『ヨハネによる福音書』の十二章「一粒の麦は、地に落ちて死ななければ、一粒のままである。だが、死ねば、多くの実を結ぶ」の文意は次の通りです。

「一粒の麦が死ぬ、つまり土の中に落ちていけば、やがてそれがまた生えてくる。人間もまた命にいつまでも執着するのではなく、よく生きることが大切で、それはよい形で死ぬということなんだ」。そうすることで永遠に生きられるのだと逆説的に述べています。
ここで出てくる『ヘブル人への手紙』十章三十一節とはどんな教えでしょうか。

もし、わたしたちが真理の知識を受けた後にも、故意に罪を犯し続けるとすれば、罪のためのいけにえは、もはや残っていません。ただ残っているのは、審判と敵対する者たちを焼き尽くす激しい火とを、恐れつつ待つことだけです。モーセの律法を破る者は、二、三人の証言に基づいて、情け容赦なく死刑に処せられます。まして、神の子を足げにし、自分が聖なる者とされた契約の血を汚れたものと見なし、その上、恵みの霊を侮辱する者は、どれほど重い刑罰に値すると思いますか。「復讐はわたしのすること、／わたしが報復する」と言い、また、／「主はその民を裁かれる」と言われた方を、わたしたちは知っています。生ける神の手に落ちるのは、恐ろしいことです。

【『ヘブル人への手紙』十章三十一節】

「復讐するはわれにあり」というのは、人間による報復を禁止しています。復讐するのは神だからおまえたちは何もするな、唯一の神に無条件に従えということです。その話を聞いて、この男は「そんなことはできない」と怒り、離れていってしまいます。

「生ける神の手」という表現がありますが、そもそも神は見えないのに手があるのか、ということになる。この言葉自体がメタファーやアナロジーとして示されていて、「生ける神の手」を心情的にどう捉えるかが重要です。

「生ける」という表現から、神のまねやふりをしている人間世界の権力者のような悪い文脈でとる人もいるでしょう。あるいは、裁きの神に手によって捕まえられてしまうというイメージもあると思います。ここは解釈が難しいので、それぞれのイメージを大切に読んでいってください。


読み終えると、彼はいきなり本を放りだした。全身がわなわなと震えだした。

「恐ろしい一行だ」と彼は言った。「こいつはひとこともない。よくまあ選んでくれました」そう言って椅子から立ち上がった。「それじゃあ」と彼は言った。「失礼します。ここにはもうお邪魔しませんので……天国でお会いしましょう。つまり、わたしは『生ける神の手に落ち』て、もう十四年にもなるというわけですな。この十四年間は、つまりそう名づけてもよいということですな。明日にもその手にお願いしますよ。いいかげんわたしを解きはなってくれるようにね……」

（中略）彼は出て行った。《ああ》わたしは思った。《あの人は、どこに行こうっていうんだ！》わたしは聖像の前にがばとひざまずき、すみやかに訪れる庇護者にして救済者の聖母マリアに、泣きながら彼のことを祈った。涙に暮れて祈りをつづけて三十分ほどが過ぎた。すでに夜も更け、十二時近かった。ふと目をやると、ドアが開き、彼がまた入ってきた。わたしは凝然とした。「いったいどこに行ってらしたんです？」彼にたずねた。

（中略）それから彼は立ち上がり、堅くわたしを抱きしめ、キスをした……。

「忘れないでくれ」と彼は言った。「わたしが二度目にきみの家に来たことをね、いいかね、このことを忘れないでくれ！」

彼が、わたしに「きみ」という言葉を使ったのは、これがはじめてだった。そうして彼は出て行った。《いよいよ明日だ》とわたしは思った。

［2巻426ページ1行］

ロシア語であなたはвыで、きみはты。これは必ずしも乱暴な言い方というわけではなく、親しい関係や近い関係にある人はтыになります。ここで男がゾシマを「きみ」と呼んだのは、心理的な距離が非常に近くなったことの表れです。

翌日、男は自身の誕生パーティーで罪を告白します。しかし、「最終的に有罪とすることはできないとの判断が下され」、「この事件はまたもや、未解決のまま立ち消えになる運命」となり、「彼にはすでに精神の障害も認められるとの結論が下された」。

男が深刻な告白をしたが、真実として受け止められなかったというずれが生じて、一種のユーモアになっています。そしてこのあと、またどんでん返しがある。面会に訪れたゾシマに、男はこう言うのです。


「覚えているかい、二度目に君を訪ねたときのことさ、真夜中近くに？ しかも忘れないでくれって君に言ったね？ わかるかい、なぜわたしが戻って行ったか？ じつはね、君を殺しに行ったんだよ！」

（中略）わたしはひたすら君を憎悪し、すべてを賭けて、なんとしても君に復讐してやりたかった。だがわたしの神が、わたしの心のなかの悪魔を打ち負かしてくれた。しかし、いいかね、あのときぐらい君が死に近かったことはなかったんだよ」

一週間後、彼は死んだ。

［2巻431ページ最終行］

男は罪をゾシマに告白してしまったことで、ゾシマに恐れや憎しみを抱くようになりました。そして、ゾシマを殺したい感情にとらわれ始めるのですが、「わたしの神が、わたしの心のなかの悪魔を打ち負かしてくれた」。この部分は、内面化している良心が外に出てしまった人間の心理の描き方として実に見事で、何度読んでも目を開かされます。

告白をするには、まず自分の中での対話が必要です。しかも、自分の中で伏せられているものは、深層心理の底でさらに抑圧されている。だから、告白はそう単純ではないし、人間を描くうえで重要な意味を持つわけです。

15

第2部
第6編

ロシアの修道僧⑤

「わたしたちロシアの人間は、貧しくなればなるほど、身分が低くなればなるほど、彼らのなかでますます立派な真理が明らかになるのだ」

■異端の長老

ゾシマ長老の談話と説教が断片的に語られていきます。

たしかに、悲しいことだが、修道僧のなかにも寄食者、婬乱者、好色漢、厚かましい浮浪者などが少なからずいる。俗世の教養人はそれをさしてこう言う。「君たちは怠け者で、社会の無益な一員であり、他人の労働を食い物にする、恥知らずな乞食にすぎない」

――と。

旧ソ連時代、聖職者はまさにこういう扱いでした。聖職者は社会の寄生虫であるという位置づけで、社会的ステータスが非常に低かったのです。

［2巻434ページ9行］

俗世は自由を宣言した。最近はとくにそうである。では、彼らの自由に見るものとははたして何なのか。それはひとえに、隷従と自己喪失ではないか！　なぜなら俗世が説いているのは、こういうことだからだ。「欲求があるのならそれを満たすがよい、君らは名門の貴族や富裕な人々と同等の権利をもっているのだから。欲求を満たすことを恐れず、むしろ欲求を増大させよ」これこそが、俗世における現在の教えなのだ。ここにこそ自由があると見ている。

［2巻436ページ2行］

これはロシアにおける異端の発想です。怪僧ラスプーチンも一員だったとされている宗教的秘密結社「フリスティ（鞭身派）」は、まさに性の快楽を満たすことを恐れず、むしろ欲求を増大させることを追求する集まりだったと言われています。

実際にそういうものであったかどうかは疑念を呈されていますが、欲望の海の中で生活をして、それをなんとも思わなくなったら欲望を克服したのと同じだという発想は、仏教でもときおり出てきます。

自分が思いついた数かぎりない欲求を満たすことに、これほど慣れきってしまった以上、この囚われ人はどうやってその悪習を振りはらい、どこへ向かうというのか？　孤独のなかに閉じこもる人間には、全体など何の用もなさない。こうしてものを貯めこめば貯めこむほど、喜びはいよいよ少なくなるという結果に行きついてしまった。

［2巻438ページ5行］

ものを貯めこめば貯めこむほど喜びが少なくなるというのは、ダンテの『神曲』にもあった「食った後の方が食う前よりもなおひもじくなる」という表現と一緒ですね。

修道僧は、その孤立を批判されることがある。「おまえは、自分一人を救うために修道院の壁の中に孤立し、兄弟愛による人類への献身を忘れ去っているではないか」というのだ。だが、はたしてどちらが兄弟愛に熱心か、よく見きわめよう。なぜなら、孤立とはわたしたちではなく、彼らにこそあり、人々にはそのちがいが見えないからである。

昔は、わたしたちのなかから民衆的な活動家が輩出したが、それが今になって輩出されない理由があるだろうか？　謙虚でおとなしいあの斎戒行者や、沈黙行者がいつかは立ちあがり、偉大な事業に立ち向かうだろう。ロシアの救いは、民衆にかかっている。ロシアの修道院は、太古の昔から民衆とともにあった。もしも民衆が孤立しているなら、わたしたちも孤立しているのだ。

［2巻438ページ最終行］

ここではロシアの救済と民衆を結びつけています。一人ひとりの民衆は知識や文化の水準があまり高くはないものの、集合体となった民衆にはものすごい英知がある。ロシアにはそうした民衆崇拝的な考え方があり、それがやがてロシア革命につながります。

ドストエフスキーにも民衆崇拝的な思想がありますが、これは民衆を異質なものと捉えることであり、別の言い方をすれば、民衆を高みから見ていることになります。このねじれた感じはロシアの作家に独特のもので、日本やヨーロッパとは異なる点です。

ロシアにおいて、エリートと大衆ははっきり区分けされています。政治エリートとは別にインテリゲンチャという知的エリートがいて、これは民衆とは別の知識階級です。ただし、このインテリゲンチャという知的エリートの生活水準は民衆と同レベルです。

生活はけっして豊かではないものの、本屋で何時間もすごしたり、家で時間を忘れて読書をしたりするのがインテリゲンチャの何よりの喜びです。読書人階級といったイメージでしょうか。こういうところにロシアらしさが表れています。

■近代化するロシア

次に、「主人と召使は精神的に互いに兄弟になれるか」というテーマです。

わたしは、工場で十歳ぐらいの子どもたちを目にしたことがある。彼らの体は細くて弱々しく、背は曲がり、すでに悪徳に染まっていた。息ぐるしい建物、せわしない機械音、終日におよぶ労働、卑猥な言葉、酒、酒。まだこんなに幼い子どもの心に、そんなものが果たして必要なのか？　子どもたちに必要なのは太陽であり、子どもらしい遊びであり、どこにもある明るい手本であり、たとえ一滴であっても注がれる愛なのだ。修道僧のみなさん、そういう悪習がなくなるように、児童への虐待がなくなるように、一《いっ》時《とき》も早く立ち上がって、教えを説きなさい、一時も早く。　［2巻440ページ11行］

マルクスが『資本論』第1巻の「労働日」という章で書いた、イギリスの労働者の状況と似ています。資本主義が入ってきてそれほど時間が経っていないころの作品だから、こういう社会矛盾に対する関心も強かったのでしょう。

しかし、神はロシアを救うだろう。なぜなら、民衆は堕落し、悪臭に満ちた罪をしりぞけることができないでいるが、それでもやはり、自分の悪臭に満ちた罪が神に呪われており、罪を犯している自分がまちがっていることを、よくわきまえているからだ。(中略)

しかしロシアは、すでになんどもそうであったように神が救う。救済は民衆によってもたらされる。(中略)

民衆は卑屈ではない。二世紀にわたる農奴制のあとですら、そうなのだ。顔つきも態度も自由だが、いかなる無礼さもそこにはない。それに、復讐心もつよくないし、嫉妬深くもない。(中略)

だから驚くかもしれないが、わたしたちロシアの人間は、貧しくなればなるほど、身分が低くなればなるほど、彼らのなかでますます立派な真理が明らかになるのだ。なぜなら、金持ちの富農や搾取者たちというのは、その大半がすでに堕落しているからである。しかしそれも、わたしたちが熱心さを欠いたり、怠慢だったりしたことで生じているのだから！

［2巻441ページ4行］

「わたしたちロシアの人間は、貧しくなればなるほど、身分が低くなればなるほど、彼らのなかでますます立派な真理が明らかになる」という感覚は非常に面白い。アメリカ的な考え方だとどうなるでしょうか？　お金を持っている人はただ偉い。だから、お金を持っている人は非常に尊敬されます。

でも、ロシアはそうではない、食べられる分だけあればいいのだと。魂を削って金を稼いでいるという考え方だから、それ以上の金を稼ぐと何か悪いことをしているんじゃないかとみんな考える。いちばん素朴で貧しい人たちの中に神様は宿っているんだという感覚が強いので、たとえある人が経済的に困窮していても知的に障害があっても、蔑むことはないのです。これはロシア人のいちばんの特徴かもしれません。

俗世で召使なしにやっていくことは不可能だが、それなら自分の家では、召使が、かりに召使でない場合より気分がのびのびできるよう工夫してやるがいい。それに、わたしがなぜ自分の召使の召使であってはならないのか、そのことを召使にもわからせ、わたしとしてはなんの思いあがりもなく、召使もなんら不信を抱くことがないようにできないのか。なぜ、わたしの召使がわたしの肉親のようになり、やがては召使を家族の一員として迎え、それを喜びに感じることができないのか？

これはいますぐにも実現可能なことだし、将来における人々のすばらしい一体化の礎《いしずえ》として役だつだろう。そのとき人間は召使を探したり、今のように自分と同じ人間を召使にすることを望まなくなって、むしろみずからが福音書にならい、すべての人々の召使となることを切に望むようになるだろう。

人間はいずれ、啓蒙や慈悲だけに喜びを見いだし、飽食、放蕩、傲慢、自慢、嫉みぶかい出世争いという、今のようなむごたらしい喜びなど、見向きもしなくなる——これがはたして夢だというのか。いや、夢ではないし、その時は近いとわたしは確信している。

［2巻447ページ5行］

ドストエフスキーは保守思想家だと言われますが、ここに書いてあることは社会主義的な発想です。彼の中には明らかに社会主義的なところがあり、根っこにある革命性を隠していると見て間違いありません。彼が保守だと過剰に解説しているものは、むしろ怪しんで捉えたほうがいいでしょう。

わが国でもそのようなことになるだろう、わがロシアの民衆は世界に輝き、すべての人々がこう言うことだろう。「家を建てる者の捨てた石が礎石になった」と。嘲笑する人たちには、こう問い返してやりたいものだ。わたしたちの考えが絵空事だというなら、あなたたちはいつ、キリストの助けを求めず、ご自分の知力だけでご自分の家をお建てになり、公正な社会をお作りになるのかと。彼らがもし、自分たちこそが人類の一体化をめざしていると主張するにせよ、それをまっとうに信じているのは彼らのなかでももっともおめでたい人たちであって、そのおめでたさにはほとほとあきれるばかりである。

［２巻４４８ページ９行］

同じく社会主義の話です。そして、ヨーロッパにおける近代化に批判的なまなざしを向けています。ロシアは後発国だから、近代化をはかる過程においては、ヨーロッパの近代化の中にある問題をふまえて国をつくらなければいけないという思考です。

少し視点を広げると、ドストエフスキーは科学技術に対する批判もしています。19世紀は、もちろん一部ではロマン主義的な反動もあるものの、基本的に啓蒙主義の時代です。理性に基づいて思考し、その理性を自然に対して応用していくのがナチュラルサイエンス（自然科学）です。それが技術的に洗練されることでサイエンスとテクノロジーの時代になりました。

サイエンスとテクノロジーを発展させることで電気も機関車も工場もでき、人々の生活が豊かになり、理想的な社会ができると多くの人が考えていました。

ところが1914年、サラエボでオーストリアの皇位継承者がセルビアの民族主義者に撃たれるという事件が起こり、戦争になりました。戦争は一週間か二週間で終わるとみんなが思っていたところ、大量殺りくと大量破壊は4年間にもおよびます。そこで使われたのが、まさに機関銃、戦車、毒ガスといった科学技術だったわけです。

第一次世界大戦では約3600万人が死んだと言われています。そうなると、人々はリアルな問題として科学技術ははたして人類を幸せにするのかと考えるようになりました。

後発国であるロシアから見たとき、ヨーロッパを理想的な未来だとは思えなかったのでしょう。こういうところからヨーロッパに対する批判の精神が生まれ、それが科学技術批判にもつながります。ただ、批判一辺倒ではない面もあり、ドストエフスキーの中ではアンビバレントな問題だったのです。


公正な社会を作ろうと考えてもいるが、キリストをしりぞけてしまえば、結局のところ、世界じゅうが血の海となるよりほかはない。なぜなら、血は血を呼び、剣を抜いた者は

剣によって滅びるからだ。そして、もしキリストの約束がなければ、彼らは、地上の最後の二人となるまで、たがいを滅ぼしあうだろう。それにこの最後の二人は、自分の傲慢さからたがいを鎮めることができず、ついには最後の一人が相手を滅ぼし、あげくの果ては自分をも滅ぼすことになるのだ。

［2巻449ページ1行］

競争社会とはそういうものです。最後は会社のトップに昇りつめるか、官僚なら事務次官のポジションにつけるか。とはいえ、勝ち残ったその人も定年になればゲームオーバー。この部分ではそうした競争社会を批判しています。

近代化という名目で資本主義が侵蝕しつつあるロシアに、問題を提起しているのです。

当時わたしが、あの決闘のあとで、社会における召使についてまだ軍服姿のままで話しはじめると、だれもがみなわたしを見て、あきれたような顔をしていたのを覚えている。「なるほど。とするとわれわれは」と彼らは言った。「ソファに召使をすわらせ、彼にお茶を運んでやるというわけですか？」そこでわたしは彼らに答えた。「ごくたまにならそうするのも悪くないでしょうね」

一同はどっと笑い出した。そもそも質問が軽はずみだったし、わたしの答え方もあいまいだったが、そこにも多少の真理はふくまれていたとわたしは思う。

［2巻449ページ10行］

支配される者、支配する者が逆転するという局面があるということを、召使と主人の関係で論じています。召使と主人の関係はマルクスの『資本論』にも出てきますが、主人は召使がいないと成り立ちません。逆に、召使も主人がいなければ成り立たない。召使たちが主人を主人と思わなくなったら、自分たちは召使ではなくなる。ドストエフスキーは、こうしたパラドックスも一つの真理だと言っています。

■異界との接触

青年よ、祈りを忘れてはならない。その祈りが真剣なものであるなら、祈るたびごとに新しい感情がひらめき、かつて知らなかった新しい思想がそこに生まれて、改めて励まされるだろう。そして祈りが修養であることを理解するだろう。（中略）故人の冥福を願うおまえの祈りは、地球の反対の隅から主のもとに届くかもしれない。たとえおまえが故人をまったく知らず、故人もまたおまえのことをまったく知らなかったとしても。（中略）なぜなら、おまえですらそれほど彼を憐れむことができたのだから、おまえより限りなく慈悲ぶかく、愛情あふれる神は、それにもまして大きな憐れみをかけてくださるだろうから。そして、おまえに免じて、彼を許してくださることだろう。

［2巻450ページ2行］

祈りは人間の限界を超える行為だから、どんな宗教にもついてきます。

「おまえに免じて、彼を許してくださることだろう」というのは、聖書にある「われらに罪を犯すものをわれらが許すごとく、われらの罪をも許したまえ」の意味です。わかりやすく還元すると、他人の気持ちになってものを考えることが大切だということになります。

そして、ゾシマは次のようなことを言います。

神が創られたすべてのものを愛しなさい。（中略）

動物を愛しなさい。神は動物たちに原初の思考と穏やかな愛を授けたのだから。それを乱してはいけない、動物を苦しめてはならない、喜びをうばってはならない、神の御心に逆らってはならない。人間よ、動物の上に立とうとしてはいけない。動物には罪がない。しかし人間は、偉大な力をもちながらその出現によって大地を腐らせ、腐った足跡を後に残していく。悲しいことに、わたしたちの大半がそうなのだ！

［2巻451ページ8行］

キリスト教では、動物は被造物とされています。人間が管理するものだから、必要な範囲では殺してもかまわないのです。動物は他のいろいろな動物を補食しますが、それも罪ではない。どうしてかというと、本能に従って生きていて自由意志がないことと、動物と人間の関係には明らかに上下があるからです。

キリスト教のベースにはこういう考えがありますが、その動物に対して「わたし」（＝ゾシマ）は非常に肯定的に見ています。

「なにもかもすばらしい。荘厳だね、だってすべてが真実なんだから。馬をごらんよ、人間のそばに立っているあの大きな動物さ。でなきゃ、あっちの牛をみてごらん。人間を養い、人間のために働きながら、あんなふうに考え深そうに頭を垂れている。馬や牛の顔をよくごらんよ。なんて優しい表情だろう。自分に無慈悲な鞭をくれる人間に対して、あんなに愛着を示している。顔にはほら、なんという温和と信頼、そしてなんという美しさがあるんだろうね。あの動物たちにどんな罪もない、そう知るだけでなにか胸に迫ってくるよね。だって万物は完全なんだし、人間をのぞけば罪がなくて、動物たちには、ぼくらよりも先にキリスト様がついておられるんだから」

すると青年はたずねた。「それじゃ、ほんとうに動物たちにもキリストさまがついておられるんですね？」

[2巻383ページ13行]

これは一種の動物崇拝で、異教的です。キリスト教の規範から外れた、非常にチャレンジングなドストエフスキーの発想が表れています。現代でいうアニマルライツ（動物の権利）に近い発想ですね。

とくに子どもたちを愛しなさい。子どもたちも天使のように罪がなく、わたしたちを感動させ、わたしたちの心を浄化するために生き、わたしたちに対するある種の助言のようなものなのだから。子どもを辱《はずかし》めたものは哀れである。わたしに子どもを愛することを教えてくれたのは、アンフィーム神父である。心の優しい無口な神父は、巡礼のさなか、施しものの小銭で、子どもたちに蜜菓子や氷砂糖をよく買い与えていた。魂のふるえを覚えることなしに、子どもたちのわきを通りすぎることができなかった。そういう人なのだ。
［2巻452ページ4行］

『カラマーゾフの兄弟』に出てくる子どもは、残酷なことをします。スメルジャコフは子ども時代に猫を殺したし、アリョーシャに石を投げた少年は指を噛んだ。

そうした記述とこの部分は矛盾しますが、どちらが本当なのかと考えさせる多声性の表現がここにも表れていると考えるべきなのでしょう。

たとえば、幼い子どものそばを通り過ぎるとき、腹立ちまぎれになにやらきたない言葉をはき、怒気をふくんだ顔つきで通り過ぎてしまったとする。(中略) そのふるまいひとつで、子どものなかに悪い種を投げこんだのかもしれない。やがてはそれが大きく育つことになるかもしれない。それというのもみな、子どものまえで自分を抑えることをしなかったからであり、用心ぶかい、実践的な愛をはぐくんでこなかったからなのだ。
［2巻453ページ2行］

ここでは教育が大切だという話をしています。

若いわたしの兄は、小鳥たちにまで許しをもとめた。（中略）
小鳥たちに許しを求めるなど、常軌を逸しているかもしれない。だが、人がもしいまある姿より、たとえほんのわずかでも立派で美しければ、小鳥たちや、子どもたちや、自分のまわりのすべての動物たちにとっても、それだけ心が楽になるだろう。

［2巻453ページ14行］

ドストエフスキーのエコロジー的な人間観がまた出てきました。人間の特権的な地位を否定しようとするドストエフスキーの傾向が、ときどき顔を出します。

『罪の力はつよい、冒瀆《ぼうとく》の力はつよい、悪環境の力はつよい。なのにわたしたちは孤立無援だ、悪環境に妨げられ、わたしたちの善行は成就もおぼつかない』などと泣きごとを言ってはいけない。子どもたちよ、こういう泣きごとはもってのほかだ！
この場合、救いはただひとつ――、世の人のすべての罪の責任を自分から引き受けることである。友よ、ほんとうにそうあるべきなのだ。なぜなら、すべての罪、すべての人々に対し、本気で責任をとったときに、事実はすべてそのとおり、すべての人、すべてのものに対して、自分にこそ罪があることに気づかされるからだ。だが、自分の怠惰や自分の無力を他人に転嫁するなら、結局のところ、人は悪魔的な傲慢さと手を結び、神に不平をこぼすことになる。 ［2巻454ページ12行］

ここは少しねじれた構成になっています。人が自分で自分の罪に対する責任をとることができるとしたら、これは自己義認だからキリスト教的ではない。しかし、そういう過程において自分で全部の責任を負えるかというと、必ずそうではないということに気づかされる。自分に罪があると気づくことで、結局、救済というものはイエス・キリストによるしかないという、逆説的な表現です。

悪魔的な傲慢さについて、（中略）永遠の裁き手である神が人に問うのは、人が理解できたものであって、理解できなかったものではないからである。 ［2巻455ページ6行］

この世界には、人間が理解できるものとそうではないものがある。神は、人間の理解不能なところにおける責任は問わないんだというのがドストエフスキーの見方です。

まことに、わたしたちはこの地上をさまようかのようであり、かけがえのないキリストの姿が目の前になかったならば、わたしたちも大洪水前の人類のようにすっかり道に迷って、滅び去ったことだろう。この地上では、多くのものがわたしたちの目から隠されているが、そのかわりに異界との、天上の至高の世界との生きたつながりという、神秘的で密やかな感覚を授かっているのだ。それに、わたしたちの思考と感情の根はここではなく、異界にあるのである。だからこそ哲学者たちも、事物の本質はこの地上では理解できないと語っているのだ。［2巻455ページ最終行］

「わたしたちも大洪水前の人類のように」の「大洪水」は、ノアの方舟の話です。神は人類をつくったが、人類がろくでもないことばかりするので滅ぼすことに決めた。正しい人であるノアの一家と「清い獣」の代表をつがいで方舟の中に入れ、それ以外は大洪水で滅ぼしてしまった。それで人類は一回リセットされているわけです。

「わたしたちの思考と感情の根はここではなく、異界にある」というのは、神秘的直観を重視するドイツの哲学者シェリングの考え方に近い。人間は底なし沼のようなところに浮いているけど、底なし沼もどこかには底がある。その底と異界がつながっているという感覚を持っていれば、自らの有限性を知ることができる。そうすればよく生きられる。かいつまんで言うとこのような考え方です。実存主義に先駆けて、人は自分の可能性の限界をちゃんと知っているのだと提言しています。

底なし沼の底はあくまでイメージですから、無底という底がないところに底のような感覚を持てるかどうかが、異界のニュアンスを得るうえでとても重要です。

■裁きの実践を説く

ここからは罪と裁きについてです。


肝《きも》に銘じてほしいのは、人はだれの裁き手にもなりえないということである。なぜなら、裁き手である自分も、目の前に立つ人間とまったく同じ罪人であり、目の前に立っている人間の罪に対し、ほかのだれよりも責任があるかもしれないということを自覚しないかぎり、この地上に罪人の裁き手など存在しえないからである。

(中略)

もし、自分の心によって裁かれる目の前の罪人の罪を、わが身に引き受けることができるなら、すみやかにその罪を引き受け、自分から彼のために苦しみ、なんら咎めだてすることなく、彼を解き放ってやりなさい。

（中略）

倦むことなく実践しなさい。夜、眠りに入るまえに「やるべきことをまだ実行していない」と思いだしたら、すぐに起き上がり、実践しなさい。もし、おまえのまわりの意地の悪い、冷淡な人たちがおまえの話に耳をかそうとしないなら、彼らのまえにひれ伏し、彼らに許しを乞いなさい。なぜなら、自分の話に耳をかそうとしないのは、じつのところおまえに罪があるからなのだ。

［2巻456ページ最終行］

このように、具体的に裁きの実践を説いていきます。

みながおまえを見捨て、むりやり追い払うようなときは、一人その場にとどまり、大地にひれ伏して口づけし、おまえの涙で濡らすがいい。そうすれば、たとえ孤立のただなかにあるおまえをだれ一人見たり聞いたりする者がなくても、おまえの涙から大地は実りをもたらしてくれるだろう。最後まで信じることだ。地上のすべての人々が邪道にはまり、おまえ一人だけが正しい道に残されることになっても、一人残されたおまえが犠牲を捧げ、神を讃えるのだ。そして、もしおまえのような者が二人出会えば、それこそが全世界であり、生きた愛の世界なのだから、二人は感激のうちに抱きあって主を讃えるがいい。なぜなら、たとえおまえたち二人だけでも、主の真理は満たされたのだから。

［2巻458ページ12行］

つまり、人数が大事なのではないと言っています。イエス・キリストは伝道を一人で始めたわけだし、創価学会の戸田城聖第二代会長も戦後に一人で布教（広宣流布）を始めた。だから、本当の宗教人というのは、一人で立って自分の信仰をちゃんと述べ伝えることができる。そうしたら、そこには必ず仲間ができるのだと言っています。この辺の洞察は鋭敏です。

自分では立たず、仲間の中に入って行動できればいいと考えている人は、実は世界観型の救済宗教にはあまり向いていません。自分一人になったときにも、ちゃんと信仰や信心を維持できるかどうかがすごく重要になるからです。

もし自分が罪を犯し、そのいくつもの罪を、あるいは思いがけないはずみで犯したひとつの罪を悔いて、死ぬほど悲しい思いをするときは、ほかの人のために喜ぶがいい。正しい人のために喜ぶがいい。おまえは罪を犯したけれど、かわりに正しい人が罪を犯さなかったことを喜ぶがいい。

もしも人々の悪行が、おまえの怒りと抑えがたい悲しみをかきたてるなら、そしてその悪人に対して復讐の願いすら抱くほどになるなら、なによりもその感情を恐れなさい。人々のその悪行は自分自身の罪であるかのように、すぐに行って、自分のために苦しみを求めるのだ。その苦しみを受け入れ、耐えることだ。そうすれば、おまえの心も癒され、自分にも罪があることがわかるだろう。
［2巻459ページ5行］

日本という国家としては豊かである反面、虐待で餓死してしまう子もいます。虐待件数はニュースなどで表に出てくるだけでもかなりの数がいるわけだから、見えないところにはまだまだいます。

罪が形になれば誰でも悪だとわかりますが、悪の背後にある罪は見えづらい。それは、罪というものを社会が構造化しているからで、この構造を認識しなければいけません。

人々の悪謀を見たり気づいたりしたとき、自分とは関係ないと思うのではなく、それに対して自分もどこかで責任を負っているんだという見方が重要になると言っています。本当にその通りだと思います。

——人々が救われるのは、つねに救おうとする者の死後のことである。人類は預言者を受け入れようとせず、次から次へと彼らを殺してきたが、人々は自分たちの受難者を愛し、迫害された者たちをも敬う。おまえは全体のために働き、未来のために行動するのだ。褒美などけっして求めてはならない。なぜなら、この地上ですでにおまえに与えられている褒美は、大きなものだからだ。正しい人間だけが手にいれることのできる精神的な喜びが、それである。

［2巻460ページ8行］

「人々が救われるのは、常に救おうとする者の死後のことである」。イエスは、預言者は古里では受け入れられないと言っているように、親鸞や日蓮、道元、あるいは鎌倉仏教の指導者も、同時代にはなかなか受け入れられなかった。でも、死後しばらく経つと、その教えのために命をかけてもいいという人たちがたくさん出てきます。常にタイムラグがあるのです。

身分の高い者も、力を持つ者も恐れることはないが、聡明で、つねに強く美しくありなさい。節度を知りなさい、時宜を心得なさい、それを学びなさい。たとえ孤立のなかにあっても祈りなさい。大地にひれ伏し、大地に口づけすることを愛しなさい。大地に口づけをしなさい。倦まずたゆまず、愛しなさい。すべての人々を愛しなさい。すべてのものを愛しなさい。そうすることの歓喜と恍惚を求めなさい。大地を、おまえの喜びの涙で濡らし、おまえのその涙を愛しなさい。その恍惚を恥じることはありません。大切にしなさい。なぜなら、それこそは、神の大いなる贈り物であって、それが与えられるのは、数少ない選ばれた者だけなのだから。

［2巻460ページ14行］

「大地にひれ伏し、大地に口づけすることを愛しなさい」とありますが、大地に特別な意味を置くのはドストエフスキーの特徴です。『罪と罰』にも「ひざまづいて、あなたがけがした大地に接吻しなさい」というセリフがあります。

もう一つ、この中で重要なのは「時宜を心得なさい」の部分で、タイミングが大事だと言っています。同じことを言うにしても、どのタイミングで言うのかが決定的に重要で、誰も耳をかたむけないときに正しいと思っていることを言ってもだめだし、世の中が興奮状態のときは冷静になるのを待たなければいけない、ということです。

■地獄と神

――神父さま、先生方、わたしは《地獄とは何か》を考え、《これ以上はもはや愛せないという苦しみ》ととらえている。かつて、時間によっても空間によっても計ることのできない無限の存在のなかで、ある精神的な存在が——まさにその地上での出現にあたって——《わたしは存在する、だからわたしは愛する》と自分自身に言う能力を授けられた。そしてあるとき、たったいちどかぎり、その存在に対して実践的な、生きた愛の瞬間が与えられ、そのために地上での生活が、時間と期限つきで与えられたのだった。

［2巻461ページ7行］

古代や中世の宇宙観は天動説でした。コペルニクスによって地動説が提唱され、宇宙像は大きく変わり、それは宗教にも影響を与えました。

天の上の神が維持できなくなると、地の底の地獄も維持できなくなる。神は心の中にいるとすれば、地獄も心の中にあることになる。ドストエフスキーは、地獄も神も心の中にいるという思考で、「わたしは《地獄とは何か》を考え、《これ以上はもはや愛せないという苦しみ》ととらえている」という形で内面化しています。ここにも近代的な思想が表れています。

ああ、地獄にあって、争う余地のない知識と、反駁しがたい真実を目にしながら、なおも、傲慢で凶暴な態度をとりつづけるものがいる。悪魔や、その傲慢な精神に全面的に与《くみ》している、恐ろしい連中もいる。彼らにとって地獄とは、自発的に求められた、つねに飽くことをしらないものだということだ。彼らはいわば、自発的な受難者たちなのだ。というのも、彼らは神と生命を呪うことによって、われとわが身を呪ったのだから。

荒野で飢えたものが、自分の体から自分の血をすすりはじめるのと同じように、彼らは、憎しみに満ちた傲慢さを糧に生きているのだ。それでいて彼らは、永遠に満たされることを知らず、許しをしりぞけ、彼らに呼びかける神を呪う。彼らは生きた神を憎しみなしで見ることができず、彼らはまた生きた神がなくなることを、あるいは神がみずからを、さらにはみずからのすべての創造物を破壊することを、求めてやまない……そして彼らは、自分の怒りの火のなかで永遠に焼かれながら、死と虚無を渇望しつづける。だが、死は得られない……

［2巻464ページ14行］

アリョーシャのゾシマ長老に関する手記はここで終わりです。やがて長老の死が訪れ、物語は次の展開を迎えます。

この「ロシアの修道僧」において、ゾシマ長老はキリスト教を説く存在としては描かれていません。キリスト教では被造物とされている動物を愛せとまで言う、異教的な思想の持ち主です。イワンの物語詩に登場する大審問官もまた無神論者で、人間は自由に耐えられないから力のある者がその自由を管理するのだと説きます。

ともに無神論者で、ともに権威によって人々を従わせていますが、どちらかというと大審問官のほうが神に近く、ゾシマのほうが遠い。一見良さそうな考えの中に危険が潜んでいて、逆に独裁的な思想の中に愛が潜んでいる可能性もある。ゾシマと大審問官のこの逆説関係が読めると、『カラマーゾフの兄弟』の理解度が増します。

人は信仰がなければ生きていけない存在であり、神を忘れた人間が地獄をつくりだしています。今ウクライナで起きている戦争は、互いに神を信じると言いながら地獄をつくり出しているので質《たち》が悪いのです。

本編Ⅳ

16

第3部 第7編

アリョーシャ〜第8編 ミーチャ〜第9編 予審

「ぼくは無罪です！ その血には罪はありません！ 親父の血については無実です！……殺したいと思っていましたが、身に覚えがありません！ ぼくではありません！」

■「父親殺し」

第3部から物語はスピーディに展開し、いよいよ本作のテーマである「父親殺し」の場面に入ります。物語を動かしていく主軸は、これまで大きな動きのなかった長男ドミートリー(ミーチャ)です。父フョードルの血を色濃く受け継ぐかのような激情的で自暴自棄な性格に垣間見える脆さ、純粋さ。ミーチャの揺れ動く内面を味わいながら、読み進めていってください。

本項では、第7編「アリョーシャ」、第8編「ミーチャ」、第9編「予審」の要約を紹介します。まずは、ゾシマ長老の永眠による騒動の場面です。「聖人の遺体は腐らない」という迷信とは裏腹に、長老の遺体から腐臭が漂い始めました。

第7編「アリョーシャ」要約

1 腐臭

永眠したゾシマ長老の埋葬の準備が進められる。パイーシー神父は、修道院内や外から押しかけてきた俗世の人たちのあいだで、偉大な聖人と思われていたゾシマ長老が奇跡を起こすにちがいないと異常なまでの待望の念が広まっていることを、罪の誘惑のように思い、懸念を感じていた。しかし一方でパイーシー神父自身も、心の奥底で人々と同じことを待ち受けていることを自覚していた。アリョーシャが僧庵の外れの墓所で泣いているのを見つけたパイーシー神父は、今日がゾシマ長老にとってもっとも偉大な日だと告げる。

しかし、まもなくゾシマ長老の亡骸を納めた棺から腐臭が漏れ出し、そのことが修道院の内外に伝わって大きな騒ぎとなる。修道院に押しかけた弔問の人々や修道僧たち、特に長老制を敵視する者たちは、ゾシマ長老に否定的な見解や罵りの言葉を述べる。また、ゾシマ長老に敵対していたフェラポント神父が、葬儀を行っている庵室に現れ悪魔を追い払おうとして騒ぎになる。庵室の入り口につめかけた群衆の中にアリョーシャを見かけたパイーシー神父は心配になってアリョーシャに『おまえまであの不信心の輩と同類というわけじゃなかろうね』と尋ねるが、アリョーシャは答えず、ゆがんだ笑みを浮かべ、パイーシー神父に奇妙な視線を投げるだけだった。そしてアリョーシャは修道院を出て行った。

2 そのチャンスが

アリョーシャの動揺は、彼の信仰がきわめて篤かったからこそ生じたものだった。アリョーシャはあくまで奇跡という形で「最高の正義」が成されることを望んでいた。しかし、彼が心から愛してやまないゾシマ長老は、その死に際しておとしめられ泥を塗られることになった。アリョーシャはそれでも信仰を揺るがすことはなかったが、昨日イワンとかわした会話のこと、そのときの重苦しい、悪い印象が、しきりと思い出されるのだった。

アリョーシャが木陰で地面につっぷしているところにラキーチンが通りかかる。ラキーチンは、ゾシマ長老が奇跡を起こすと信じていたし信じたいと語るアリョーシャをあざける。アリョーシャは苦しみと苛立ちからラキーチンが勧めるままにウォッカを飲みに行こうとする。ラキーチンはそんなアリョーシャの様子を見ると、突如グルーシェニカのところに行こうと誘う。その目的は、アリョーシャの「堕落」ぶりを見て復讐したいという思いと、ある物質的な目的のためであった。

3 一本の葱

グルーシェニカは、彼女のパトロンである商人サムソーノフの親戚が所有する家の離れに住んでいる。四年前、ある将校にだまされ貧困の中暮らしていたところをサムソーノフ老人に救われ町に来た。四年のあいだに彼女は成長し、利殖の話に通じ事業家顔まけの儲け上手となる。フョードルと知り合ったのも、一緒に組んで手形の買い占めをしたことからだった。

ラキーチンとアリョーシャが訪ねていくと、絹のドレスに髪飾りをしたグルーシェニカが誰かを待っていた。グルーシェニカはドミートリーをだまして、本当はサムソーノフ老人のところにいるはずなのに家にいて、大事な知らせを待っているのだという。一昨日カテリーナのところで見せた狡猾な様子とは打ってかわって感じが良くなっているグルーシェニカにアリョーシャは驚く。

実は彼女は、自分を捨てたポーランド人将校から手紙をもらい、妻を亡くした将校が彼女を迎えに来ると言うのでそれを待っていたのだ。アリョーシャは恐ろしい女性と思っていたグルーシェニカから思いがけず優しさや誠実さを見せられ、ゾシマ長老を亡くして沈んだ心をよみがえらせてくれたとグルーシェニカに伝える。それを聞いたグルーシェニカは、一本の葱のおとぎ話に出てくる女のように自分は意地の悪い女だと言い、以前はアリョーシャにたくらみを持っていたこと、自分を捨てた将校を憎んで苦しんでいたことを打ち明ける。

グルーシェニカは将校を許すべきかアリョーシャに問うが、アリョーシャは「だって、もう許しているでしょう」と微笑みながら言う。グルーシェニカは手紙を受け取ると将校のもとへ行くことを決意する。彼女はアリョーシャに、自分はドミートリーのことを「1時間だけ愛したことが」あり、その1時間のことを一生忘れないでほしいと伝えてくれるように頼む。

ラキーチンはアリョーシャを連れてきた報酬の25ルーブルをグルーシェニカからアリョーシャの目の前で渡され恥ずかしい思いをし、また自分が期待していたのとはまったく違う事態が起こり、グルーシェニカの家を出たあとも彼女や将校を悪く言ってアリョーシャにたしなめられ、すっかり頭に血が上りアリョーシャを置いて去っていってしまう。アリョーシャは一人で修道院に向かう。

4 ガリラヤのカナ

アリョーシャは、棺が置かれている庵室に戻る。パイーシー神父が福音書を朗読している中、アリョーシャはひざまずき、祈り始める。ガリラヤのカナにおける婚礼の場面が朗読されているのを聞きながら、アリョーシャはまどろみ始め、さまざまな考えが頭をよぎる。アリョーシャの夢の中にゾシマ長老が現れると、一緒に行ってワインを飲もうと言い、自分の仕事を始めなさいと告げる。目が覚めたアリョーシャは、庵室を出ると、大地に倒れこんで泣きながら口づけし、心の中で響きわたる言葉のままに、大地を永遠に愛すると誓う。このときからアリョーシャの心の中には確固とした何らかの理想が確立され、3日後にアリョーシャは修道院を出る。

（要約・遠藤紀子）

■大地に口づけ

「一本の葱」の話から連想するのは、芥川龍之介の『蜘蛛の糸』です。あの作品は芥川のオリジナルではなく、「一本の葱」にインスパイアされたものだとわかります。

聖人の遺体は腐らないという迷信を多くの修道僧が信じていましたが、ゾシマ長老の亡骸を納めた棺から腐臭が漂い始め、アリョーシャもショックを隠せません。

聖人の遺体は腐らないというのはロシア正教の伝統で、腐らないからミイラになるわけです。ソビエト政権下では、レーニンの逝去にともないレーニン廟にレーニンのミイラが祀られました。それも聖人は腐らないという伝統に基づきます。きれいなままのミイラを国民に見せることで、レーニンは正しい人だったと伝える意味がありました。無神論国家であるソビエトでも、宗教的（ロシア正教的）な表象は利用されていたわけです。

動揺するアリョーシャは、夢でゾシマの声を聞きます。

愛らしい子よ、はじめなさい、おとなしい子よ、自分の仕事をはじめなさい！……ほら、わたしたちの太陽が見えるかね、おまえにはあれが見えるかね？［3巻105ページ10行］

眠りから覚めたアリョーシャは、大地に倒れこんでしまいます。

なんのために大地を抱きしめているのか、自分にもわからなかったし、どうしてこれほど抑えがたく、大地に、いや大地全体に口づけがしたくなったのかさえ理解できなかったが、それでも彼は大地に泣きながら口づけをし、むせび泣き、涙を注ぎながら、有

頂天になって誓っていた。大地を愛すると、永遠に愛すると……。［3巻107ページ14行］

先にも出てきたように、大地に特別な意味を持たせるのはドストエフスキーの特徴です。内面が大きく変化するこの重要な場面で、アリョーシャは大地に口づけをして、大地を愛すると誓うのです。そして、ゾシマの「俗世で生きるがよい」という命を受け止め、3日後に修道院を出ます。書かれなかった続編（第二の小説）でのアリョーシャの変貌を予感させるような記述です。

第8編「ミーチャ」要約

1 クジマ・サムソーノフ

ドミートリーは、グルーシェニカを連れてどこかへ旅立ちたいと思っていた。しかし、そのためのお金がない。また、カテリーナに借りた3000ルーブルも返したかった。そこで、グルーシェニカのパトロンだったサムソーノフのところへ行き、裁判を手伝ってもらえれば儲けられるので、お金を貸してくれと頼む。しかし、サムソーノフは自分のところではなくリャガーヴイのところへ行けと言う。

2　猟犬《リャガーヴィ》

ドミートリーはリャガーヴィのところへ行くが、彼は酔っぱらっていて話にならない。ようやく話せるようになって、自分がだまされていたことに気がつく。ドミートリーは町に戻ってグルーシェニカの家へ行く。

3　金鉱

ドミートリーが来たとき、グルーシェニカは5年前の恋人の将校からの知らせを待ちこがれていた。そのことがばれないように、彼女はドミートリーにサムソーノフの家に送ってくれと頼む。ドミートリーは、彼女を送ったあと、武器愛好家の役人に、ピストルを担保に10ルーブルを借りる。その後、彼はホフラコーワ夫人にお金を借りに行くが、金鉱探しをすすめられるばかりでお金は貸してもらえない。その帰り道、サムソーノフの世話をしている老婆に会い、グルーシェニカがサムソーノフの家に今はいないということを知る。ドミートリーはグルーシェニカの家に行き、その家のフェーニャを責め立て、その家の銅製の杵を奪っていく。

4　闇の中で

グルーシェニカは父フョードルのところだと思い込み、カマラーゾフ家の塀を乗り越えて忍び込むドミートリー。彼女が来ていないことをたしかめ、帰ろうとしたときにグレゴーリーに見つかり、杵で殴ってしまう。彼は血まみれのグレゴーリーを放置してその場から逃げる。そして、フェーニャのところへ行き、グルーシェニカが、将校に合いにモークロエへ行ったことを聞く。

5　突然の決意

フェーニャはドミートリーが血まみれなのを驚く。フェーニャからグルーシェニカの企てのすべてを知ったドミートリーの態度が急変する。ドミートリーはピストルを抵当にした役人、ペルホーチンのところへ行き、ピストルを返してもらう。そのときなぜか大金を手にしている。そのお金で馬車とお酒と御馳走を用意して、グルーシェニカのいるモークロエへ向かう。ドミートリーが去ったあと、ペルホーチンは彼の言動に不安を感じ、詳細を聞くために夜中にフェーニャの家へ行く。

6　おれさまのお通りだ！

モークロエへ行く途中、馬車の中でドミートリーは翌朝自殺しようと考えている。モークロエへ着くと知り合いの宿屋の主人トリフォーン・ボリースィチと会う。トリフォーンの手引きでグルーシェニカたちを観察してから、彼らの前に姿を現す。グルーシェニカは驚愕する。

7 まぎれもない昔の男

ポーランド人の将校とその場にいる人たちと賭けのカードが始まる。ドミートリーは、ポーランド人たちにお金を渡すから、去ってくれと交渉するが失敗する。ドミートリーはその態度を見て、ポーランド人たちはグルーシェニカからお金を巻き上げたいだけだと気がつく。言い合いのうちにグルーシェニカも、そのことに気づき、将校をなじる。将校は5年のうちに別人のようになっていたのだ。また、ポーランド人たちがカードでいかさまをやっていたと判明し、ドミートリーは彼らを部屋から追い出す。

8 うわ言

残った人々で宴会が始まる。その後、グルーシェニカはドミートリーに許してくれと言う。ドミートリーはカテリーナからお金を盗んだと告げる。二人は抱きあって、一緒に暮らそうと話す。恋が成就しハッピーエンドに見えたが、そこに警察官たちが来て、ドミートリーに父親殺害の容疑がかけられていると告げる。ドミートリーにはそれが理解できず茫然としている。

（要約・内田めぐみ）

■推理小説としての核

ミーチャとはドミートリーの愛称です。この編はミーチャの魅力が爆発していると同時に、「父親殺し」にまつわる謎や疑惑が渦巻きスリリングに展開していきます。

ドストエフスキー作品の読まれ方は日本とヨーロッパでは異なり、基本的にヨーロッパでこの作品は推理小説として親しまれています。この編に盛り込まれているからくりと全体の構成から考えて、『カラマーゾフの兄弟』の核は、この第8編「ミーチャ」にあると言って過言ではありません。ヨーロッパのごく一部の文芸批評家は、本編Ⅲで解説した「ロシアの修道僧」に強い関心を持っていますが、一般の読者はミーチャの激しい言動に否が応でも引きつけられます。

先に結論めいたことを言ってしまうと、ミーチャは父フョードルの殺害にかかわってはいません。でも、ミーチャには外形的な事実から犯人と推定されても仕方がない状況があり、どちらに転ぶかわからない危うい展開が続きつつ、疑惑は最後まで晴れません。それが、この小説が多くの読者を魅了する大きな要因でしょう。

誤ってグレゴーリーを杵で殴り血まみれになったミーチャは、グルーシェニカがいるモークロエへ向かいます。モークロエの旅籠屋でミーチャはポーランド人たちとカードゲームに興じるわけですが、なぜここでポーランド人が出てくるのか。これは、現代の国際政治を理解するためにもとても重要で、ポーランドとロシアは非常に関係が悪いことに由来します。ポーランド人はカトリックで、ペテン師で、意固地だということをここで表現しているわけです。ドストエフスキーから見たポーランド観がよく表れています。

第9編「予審」要約

1 官吏ペルホーチンの出世の始まり

官吏ペルホーチンは、女中フェーニャとドミートリーが3000ルーブルを借りた相手と語ったホフラコーワ夫人に聞き取り調査を行う。フェーニャはドミートリー自身が人を殺してきたところだと白状したあとどこかに駆け出したこと、ホフラコーワ夫人は1ルーブルもドミートリーに貸していないことを証言する。

2　パニック

ペルホーチンは警察署長の家に向かう。そこでは検事、行政監察医、予審判事が、「あれこれ議論していた」。そこでペルホーチンはフョードルが実際に殺害されただけでなく金も奪われていたことをはじめて知る。検事と予審判事は、まもなくドミートリーが自殺するのではないかと考え、それを阻止するために夜遊び中のドミートリーのもとに向かう。

3　魂は苦難のなかを行く　第一の受難

ドミートリーは、グリゴーリーにけがをさせたことを認めるが、父殺しは否定する。尋問の中で、ドミートリーは父に対して憎しみの感情を持っており、実際に「殺したい」という気持ちを口にしていたことを指摘される。酒が入り、感情的になっていたドミートリーは実際に父を殺したいと思っていたこと、3000ルーブルが自分のものも同然だと思っていたことを口走る。

4　第二の受難

ドミートリーは3000ルーブルを実際に誰から借りたかは「口がさけても言えない」と回答する。検事は黙秘権を認めつつ、今回においては黙秘が不利に働く可能性について警告し、ドミートリーは動揺する。尋問の中でドミートリーはグルーシェニカがフョードルの家に出入りするのを見はるための監視場所を裏庭に設置していたこと、「だれか人を殺してでも3000ルーブルを手にいれたい」と思ったこと、杵をつかんで走り出していたことなどを自供していく。

5 第三の受難

ドミートリーは父親にグルーシェニカが来たという「合図」を送り、その合図に反応して窓からフョードルが顔を出したのを見て「憎しみの念」が湧き、杵を取り出したが、何もせずに塀に向かって走り出したこと、追ってきたグリゴーリーに捕まったことを話す。検事が犯行現場での検証上、犯人が通過したことが確実とされる「庭に出るドア」が開いていたことについて尋ねるが、ドミートリーは閉まっていたと供述する。また「合図」について知っていたのは、フョードル、ドミートリー、スメルジャコフの3名のみであることから、スメルジャコフが真犯人である可能性について提起される。所持品チェックによりドミートリーが800ルーブルを所持していることが確認される。

6 検事はミーチャを追い込んだ

捜査のため、予審判事はドミートリーを裸にする。そのやり方が尊大だったためドミートリーは苛立つが、裸を他人に見られる中で自身には実際に罪があり、見下されてもしょうがないような気持ちになっていく。血のついた服は証拠として押収され、ドミートリーが逃げ出したタイミングで「庭に出るドア」が開いていたとグリゴーリーが証言したこと、フョードルのベッドの横から3000ルーブルが抜き出された封筒が出てきたことを検事が明かす。ドミートリーは封筒の場所を知っていたのはスメルジャコフだけであり、スメルジャコフこそが真犯人だと主張するが受け入れてもらえない。追い詰められたドミートリーは、誰から借金したかを明かす決意をする。

7　ミーチャの大きな秘密、一笑に付された

ドミートリーは、3000ルーブルは前の婚約者であるカテリーナから預かったものだと告白する。今の彼女であるグルーシェニカをモークロエに誘い1500ルーブルを使い、残りの1500ルーブルを懐に持ちながらそのことを誰にも話しておらず、3000ルーブルすべてを1ヶ月前に散財したのは嘘というのがドミートリーが語る真相である。着服がなぜドミートリーにとって恥辱的だったのかについて検事は困惑するが、ドミートリーは、それは1500ルーブルを残しつつ、それをカテリーナに言わないままグルーシェニ

力に対して見栄をはるために使うことで、自身が決定的に泥棒となったことに圧倒的な恥を感じるためだと告白を続ける。必死にその胸のうちを語るドミートリーだったが、相手が話している内容を信用していないと感じ絶望する。

8 証人尋問、餓鬼《がきんこ》

一方でドミートリーが1ヶ月前に使った金額は3000ルーブルを下回ることはないことを裏づけるような証言が続く。またポーランド人に対して3000ルーブルの手切れ金を渡すために700ルーブルを手付金とし、残りの2300ルーブルを町から持ってくるとドミートリーが神に誓ったという証言が出てきたため、自身の手元にあるのは「800ルーブル」のみというドミートリーにとって有利に働いていた証拠も崩れかける。他方グルーシェニカは、ドミートリーは「思ったことを口にしてしまうだけ」であり、父殺しを実行することはありえないと証言する。尋問が終わり、すぐ眠りについたドミートリーは、焼け野原に立つ母親と子どもを見ながら、その人たちのために何かをしてあげたいと思い感動する夢を見る。

9 ミーチャ、護送される

予審判事は、ドミートリーに対して囚人として勾留することを通知する。それに対してドミートリーは「苦しみでもって浄化されたい」としつつ父の死に関しては無実であり「罰を受け入れるのは、親父を殺したからじゃない、殺したいと思ったから、ひょっとすると実際に殺しかねなかったから」であり、無実を勝ち取るために戦うと宣言する。

（要約・伊藤雅崇）

■ミーチャの内面

旅籠屋で大宴会が繰り広げられ、ミーチャとグルーシェニカは愛の予感に酔いしれる。そこへ突然現れたのが検事と予審判事でした。

「退役陸軍中尉カラマーゾフ殿、あなたに申し上げなくてはなりません。あなたは、昨夜起きた、あなたの父親、フョードル・カラマーゾフ殺害の容疑がかけられております……」

［3巻331ページ15行］

さて、ミーチャは腰をかけたまま、一同をふしぎそうな目つきで見まわしていた。何を言われているのか、さっぱりわからなかった。急に立ち上がると、両手をひろげ、大声で叫んだ。「ぼくは無罪です！　その血には罪はありません！　親父の血については無実です！……殺したいと思っていましたが、身に覚えがありません！　ぼくではありません！」　［3巻364ページ5行］

大宴会が一瞬にして暗転し、その場で予審判事によるミーチャへの尋問が始まります。予審制では、予審判事の心証によって裁判にかけるかどうかの判断が下されます。裁判の必要があると判断された者だけを起訴するので、裁判の件数は非常に絞り込まれますが、起訴されるとほぼ有罪です。戦前の日本も予審制でした。ただし、予審は開かれた裁判ではなく冤罪を生みやすいことから、戦後はその機能を検察がはたしています。警察は起訴便宜主義という形で容疑者を逮捕することはできますが、裁判にかけるかどうかを決められるのは検察官だけなのです。だから今の日本には、起訴便宜主義という形で事実上の予審制度が残っているとも言えます。

フランスやロシアは今でも予審制を採用していて、予審で起訴が決まると有罪は濃厚です。予審の取り調べのとき、予審判事にどういう心証を持たせるかが運命を左右すると言ってもいいでしょう。こういう予審制度をわかったうえでこの編を読むと、ミーチャの心の動きがリアルに伝わってきます。

証人尋問が進むにしたがって、ミーチャに不利な要素が次々に出てくる。そして、予審判事が勾留状を読み上げ、ミーチャは囚人となり護送されます。

17

第4部
第10編

少年たち～第11編 兄イワン～第12編 誤審

「殺したのは、あなたですよ、あなたが主犯なんです。ぼくは、ただ、あなたの手足を務めただけにすぎません」

■真実

第4部の冒頭、第10編「少年たち」に登場する人物たちは、書かれなかった続編「第二の小説」で活躍する予定だったのだろうと想像しています。物語は少年コーリャを中心に進みます。

第11編「兄イワン」は、イワンの葛藤と、その精神的双子であるスメルジャコフとの対話。第12編「誤審」では、ミーチャに対する父親殺しの公判が行われ、最後に有罪の判決が下される裁判の様子が、語り手（わたし）によって詳細に描き出されていきます。

第10編「少年たち」要約

11月の初め、今は亡きクロソートキンの未亡人の家。クロソートキン夫人は、夫と結婚後1年ほど暮らしただけで、息子のコーリャが生まれるとすぐに死別してしまった。

夫の死後、彼女は息子の養育にすべてを捧げて生きてきた。

コーリャが学校に通いだすと勉強にも積極的にかかわり、教育熱心な母親となった。また、息子が他の子にいじめられたりしないようさまざまに手を打っていた。コーリャはいじめられることはなかったが、母親のこの行動によって「ママっ子」と冷やかされる。

しかし、コーリャはひ弱な少年ではなく自分を守ることができた。クラスメートの評価も「めっぽう強いやつ」であった。また、学校の成績も良く、仲間たちは算数と世界史は教師のダルダネロフにも負けないほどだと噂されていた。

彼自身は自分への周囲からの評価を冷静に受け止めており、けっして増長していたわけではなかった。また、行動の節度はわきまえており、学校当局に対する態度においても最後に守るべき一線を踏みはずすことはなかった。彼は自制ができる少年ではあったが、ひどく自尊心は強かった。家庭で彼は、母親でさえも自分のいいように屈服させて暴君のようにふるまっていた。母親は彼の言いなりになっていたが、コーリャが自分を「愛していない」のではないかということを考えることにどうしても耐えられなかった。母親はコーリャが自分に「冷淡」であるように思えてならず、ときにはヒステリックにコーリャをなじることがあった。彼はそれがいやで、自分の感情を表現することを求められるほどわざと冷たい態度になるのであった。

父親の死後に書棚が一つ残されていた。コーリャは読書が好きで、普通その年齢では読ませてもらえないような本も読み上げてしまう早熟な少年であった。

ところが、夏休みには悪ふざけにしても一線を越えることをしてしまった。それは、自分が子ども扱いされるのが悔しくて賭けを行ったのである。賭けの内容は深夜に鉄道のレールのあいだに横たわり列車が通り過ぎるまで、そのままの状態でいることであった。コーリャはこの賭けに勝って「命知らず」の評判が立った。この件は町に知れ渡り、学校や当局にも伝わることとなった。しかし、母親の懇願と教師のダルダネロフによる弁護のおかげで不問に付された。

どこから見つけたのか毛むくじゃらで大きめの汚らしい犬を拾ってきて、名前を「ペレズヴォン」として、どういうわけか友だちにも知らせず部屋の中に内緒で飼っていた。コーリャは、この犬を恐ろしくしごき、ありとあらゆる芸当を仕込んだのだった。

11月のある日の11時に彼はぜひとも外出する必要があったが、家で向かいの家の子どもたちの子守と留守番をしていた。ようやくクロソートキン夫人の女中のアガーフィアが帰ってきたことで、コーリャは大事な用事のために外出したのだった。

コーリャは出かけると途中でスムーロフという少年と合流して目的地に向かった。目的地はスネギリョフ二等大尉の家である。

目的地に向かう途中で二人は市の立っている広場を通って行ったが、コーリャはスムーロフに「自分は社会主義者だ」と話す。また、歩きながらコーリャは会った百姓をからかうような行動をする。

スネギリョフ二等大尉の家の直前でコーリャは立ち止まって、スムーロフにアリョーシャを家の中から呼び出してくるように命じた。コーリャはアリョーシャに以前から会って話をしたく思っていたのだ。アリョーシャを待つあいだに、コーリャは自分を一人前の男としてアピールすることを考えるのだった。

アリョーシャはコーリャに、スネギリョフの息子であるイリューシャの状態が悪いことを伝え、コーリャはなぜそのような事態になってしまったかをアリョーシャに話す。

イリューシャはスメルジャコフとともに、パンの中に針を仕込んで犬のジューチカに与えるという残酷ないたずらを行ってしまっていた。イリューシャは犬に対しておこなった残酷ないたずらの結果にひどくショックを受けてしまったうえに、コーリャからは絶縁を宣言されていたのだった。

イリューシャに会ったコーリャは、芸を仕込んだ「ペレズヴォン」を披露する。実はこの「ペレズヴォン」はジューチカだったのである。さらに、イリューシャが見たいと思っていた青銅の大砲のミニチュアも見せてあげた。一同は驚きと喜びを感じていたが、モスクワから来た医者からイリューシャが手の施しようがなく余命が短いことを告げられてしまい、イリューシャと家族たちは悲しみに暮れることとなる。

コーリャはイリューシャに対してまた戻ってきて好きなだけ話をすると伝え、家路につくのであった。


（要約・高橋文博）

■西欧派社会主義者

コーリャをはじめとする子どもたちが「第二の小説」でどう動くのか、ドストエフスキーの頭の中には構想があったはずです。この部分でその頭出しをしているわけですが、それだけで終わってしまっていますから、全体を計り知ることは難しいですね。

コーリャの母親は、わが子に一生懸命勉強させようとしています。このころ、ロシアにメリトクラシーが入ってきたからです。メリトクラシーとは、生まれや身分より個人の業績（メリット）によってその人の社会的地位を向上させうるとする概念で、能力主義や実力主義と言われます。膨大な土地を所有している貴族は学歴がなくても引き継いだ財産で暮らしていけますが、身分が低い場合は上昇するために学歴が必要になる。つまり、下から上がっていくことが可能になったわけです。

ただ、よほどの放蕩でもしない限り上から下への没落はないので、中途半端なメリトクラシーが入ってきたことの弊害もあったはずです。

この編で注目したいのは、コーリャが友だちのスムーロフに「自分は社会主義者だ」と言う箇所です。

ぼくはね、スムーロフ、社会主義者なんだ（中略）それはね、もしもみんなが平等で、財産も共通のものしかなくなると、結婚はなくなり、宗教も、どんな法律も、それぞれ好き勝手なものになる、で、けっきょく、ほかの残りのものもぜんぶそうなるってことを言うのさ。

［4巻43ページ7行］

ここで言う「社会主義者」の意味合いは、ロシアの歴史をひも解くと見えてきます。17世紀末から18世紀の皇帝であるピョートル大帝以降、ロシアが近代化を計るなかで、1840年代にスラブ派と西欧派の論争が起こりました。

スラブ派は、近代化よりロシアの伝統的な農村共同体であるミールのような形を重視します。近代化は共同体を破壊し、ろくなものを生みださなかったと考えます。

もう一方の西欧派は、ロシアも西欧的な発展をとげる必要があると唱えました。ただし、西欧とは大きな格差があり、現実を見ても貧困問題は深刻です。だから、単に西欧に追いつくことを目指すのではなく、西欧化のさらに先とされる社会主義化を理想としました。コーリャが言う「社会主義者」とは西欧派のことです。

要するに、ヨーロッパは先進国だがロシアから見て理想的な社会ではないという前提があり、そのうえでヨーロッパとの関係をどうすべきかという議論を立てます。そこから、西欧派が社会主義者だということになるわけです。これは後進国のねじれ思考の一つだと言えます。

ちなみに、西欧派の代表的人物として覚えておいてほしいのがアレクサンドル・ゲルツェン。「社会主義の父」とも呼ばれた思想家です。ゲルツェンは結局ロシアにいられなくなり、ロンドンに亡命して生涯を送ることになります。コーリャの言葉には、こうした歴史的背景がうかがえます。

第11編「兄イワン」要約

ミーチャ（ドミートリー）が逮捕されてから2ヶ月、アリョーシャはモローゾワの家に住むグルーシェニカのところへ通った。グルーシェニカは逮捕から3日目に重病で倒れたあと回復したが、カテリーナに嫉妬していた。アリョーシャは間違いなくミーチャが愛しているのはあなたであると伝える。

アリョーシャとイワンとカテリーナの三人でお金を出し合って弁護士をつけるも、ミーチャにとって不利な証言は増える一方。失意にくれるグルーシェニカとの会話の中で、イワンがミーチャのところに二度通ったことをアリョーシャは知る。イワンが自分にそのことを隠していたことにショックを感じるとともに、思案をめぐらせる。

この事件について新聞などにあることないことを書かれ、カラマーゾフ家は全国区で知れ渡るようになっていた。

ホフラコーワ夫人宅に訪れたアリョーシャは、夫人と娘リーズから、自分が知らないあいだにイワンがこの家に出入りしていたことを知る。

裁判の前日、アリョーシャはカテリーナの家でイワンと出くわす。カテリーナによるとイワンは様子がおかしく幻覚症にかかっていると言う。イワンはミーチャのことを嫌悪の念とともに軽蔑しており、彼が有罪である確信を深めていた。

一方、アリョーシャは「兄さんはご自分で誰か知ってるでしょ」「父を殺したのは、あなたじゃないってことだけです」「あなたじゃない、あなたじゃない」神様に遣わされたのは、それをあなたに告げるためだとイワンに伝える。

事件のあと、イワンはモスクワから戻り裁判までのあいだに三度、スメルジャコフのところへ行く。最初の訪問では、イワンはスメルジャコフに、事件が起こることを予言し、てんかんの発作は予言できないことを問いただす。一方、スメルジャコフは、イワンは父親に不幸が起こることを予感しておきながらチェルマシニャ（実際にはモスクワ）に行き、見捨てたと主張する。

二度目の訪問の際、イワンはミーチャが犯人であることに確信を深めつつも、アリョーシャは相変わらずスメルジャコフであると主張を続けた。それからイワンはなぜ自分が殺人前夜、階下の父の様子に耳を澄ませていたのか？　絶え間なく自問するようになっていく。

二度目の訪問、スメルジャコフはイワンが父の死を願っており、あなたが見殺しにしたと言うとイワンはスメルジャコフを殴り「おまえが何か卑劣なまねをしそうな予感がした」

と言う。「あなたがそう予感したというのなら、そのまま出発したとすれば、ぼくに親父を殺してもいい、おれは邪魔をしないから、と言ったと同然である」とイワンが自分に、フョードルの殺人の教唆をしたとほのめかす。このことを裁判で知らせても誰も信じないから「賢い人」としてのふるまいをイワンに求めた。

イワンはたしかにあのとき、父の死を、まさしく殺人を望んでいたことに気づく。

そのままカテリーナの家に向かい、スメルジャコフとのやりとりを一部始終聞かせた。彼女は文机《ふづくえ》の手箱から一枚の紙きれを手にした。犯人はドミードリーだという「数学的に証拠を立てる」ものとして、アリョーシャに話した文書だった。

それは極度の興奮状態で書かれた、まさに酔っぱらいの手紙。

「明日、金を手に入れて、君に3000ルーブルを返す。それでお別れだ。父の頭をぶち割り、枕の下の金を手に入れて見せる……」

この手紙を目にしたイワンは、殺したのは兄でスメルジャコフではない、自分でもないことを確信した。

公判の10日ほど前、イワンはミーチャのところへ出かけ脱走の計画を提案する。ミーチャが罪を着せられることで、自分の遺産の受取額が上がるというスメルジャコフのひと言が、癒えることのない心の傷となっていた。

裁判前日、イワンはスメルジャコフのもとへ三度目の訪問をする。傲慢な物言いのスメルジャコフはイワンに「殺したのはあなたですよ、あなたが主犯です。あなたの言葉に従ったまでのことです」と明言した。

ミーチャが犯人だと思い込んでいたイワンは、悪寒で小きざみに全身を震わせ始めた。今ここにいるスメルジャコフは幻ではないか？　と言うイワンに、「僕たち二人のほかに、もう一人、第三の男がいます。神様、神様の摂理です」と言い、靴下の中から手つかずの3000ルーブルを取り出し、「あなたと二人だけで殺した。ドミートリーは無実です」と告白。

《すべては許されている》といつも大胆だったのに、今はすっかりおびえて切っているイワンにスメルジャコフは犯行時のてんかんは芝居で、自分だけが犯人ということにならないよう用意周到に仕組んだ、イワンによる父親殺しの一部始終を話す。

《すべては許されている》とあなたが教えてくれた。

神がいなければ、どんな善行もありえないし、必要もなくなる。スメルジャコフはイワンの教えによりその考えにたどり着いたと告げ、今になってどうしてびくついているのか？　イワンの心の中にある、名誉やプライドなど本音を暴き、息子の中でいちばんフョードルに似ているとまで言う。

明日の法廷ですべてを証言するというイワンに「いますぐ殺してください」と言いつつも、あんなに大胆だったのに、それもできない彼にスメルジャコフはさようならを告げた。

帰宅後、イワンの部屋に悪魔が現れ、さながら幻覚症のような状態に陥った。

イワンがわれに返ったとき、アリョーシャはスメルジャコフが自殺したことを告げる。

部屋のテーブルには「誰も罪を着せないため、自分の意志と希望によってみずからを滅ぼす」という書き置きがあった。

イワンはその悪魔は自分自身で、自分が持っている全部の下劣な部分、いやらしい部分、軽蔑すべき部分であるとアリョーシャに話した。

アリョーシャはイワンを介抱し、病気の正体が《誇り高い決心から生まれた苦しみなんだ、ああ、なんて深い良心の呵責《かしゃく》だろう！》

彼が信じようとしなかった神と真実が、いまなお屈服を望まない彼の心を征服しようとしていたのだ。《神が勝つんだ！》《兄は真実の光のなかに立ちあがれるのか、それとも自分の信じないものに仕えた恨みを、自分とすべての人々にぶつけ、憎しみのなかで滅びるのか》とつぶやき、イワンのために祈りを唱えた。


（要約・高木悠凪）

■生き方の信念

イワンは「すべては許されている」という信条を持つ無神論者です。それに対してスメルジャコフには高度な思想的操作はできません。頭脳明晰なイワンと対話することでスメルジャコフは影響を受けるわけですから、二人は同じ思想を持っていることになります。その思想とはニヒリズムです。

イワンは「父親殺し」の犯人をミーチャだと疑っている。次の場面では、そんなイワンにスメルジャコフが迫ります。

「それなら、申しますが、殺したのは、ほら、そこにいる、あなたですよ」スメルジャコフは、怒りをみなぎらせてささやいた。

イワンは、まるで何か思いあたることがあったかのように、おとなしく椅子に腰をおろした。(中略)

「人間ってのは、飽きることを知らないもんなんですね！　こうして面と向かい合って腰をおろしながら、どうして、おたがい、だましあったり、コメディを演じたりするんですかね？　それとも、やっぱり、ぼく一人に罪をおっかぶせる気なんでしょうか、面と向かって？　殺したのは、あなたですよ、あなたが主犯なんです。ぼくは、ただ、あなたの手足を務めただけにすぎません。ぼくは、召使リチャルダって役どころにすぎないんでしてね。あれを実行したのも、あなたの言葉にしたがったまでのことなんです」

「実行しただと？　じゃあ、ほんとうにおまえが殺したのか？」イワンは、思わずぞっとなった。脳みその何かが、まるでぴくりとしたかのようで、彼は悪寒で小きざみに全身を震わせはじめた。そこでようやくスメルジャコフも、今さらながら驚いた様子で、相手の顔をまじまじと見やった。どうやら、イワンのあまりに真剣な驚きように、あらためてショックを受けたものらしかった。

「それじゃあ、ほんとうに、何もご存じなかったんで？」にやりと顔をゆがめて、彼はうさんくさそうにつぶやいた。

［4巻317ページ3行］

スメルジャコフの言葉を受けて、イワンは全身を震わせます。これは神を信じていない人の弱さですね。一方、スメルジャコフはイワンの思想を実現する実行力と、人を殺してもなんとも思わない野蛮な力がある。そして、自分の命にもこだわりがないから最終的に首を吊って死んでしまう。これもイワンにはないスメルジャコフの強さだと言えます。

頭が良くて過激なことを考え、激しいことを言うけど脆い。イワンは、今の日本の政治家や官僚のようなところがあります。政治の世界に限らず、頭は良いけど生き方の指針となる信念や信仰に欠けている人は社会に大勢いますね。

その後、イワンに「幻覚症」が現れます。そんなイワンのために、アリョーシャは祈りを捧げるのです。

第12編「誤審」要約

ミーチャの裁判はロシア全土に知れ渡っており、全国的に高名な弁護士フェチュコービイチ、検事イッポリート、裁判長と12人からなる陪審員で行われた。審理は、起訴状の朗読、警察側の証人尋問、医学鑑定、弁護側の証人、検察の論告、弁護士の弁論、判決の順に行われた。

まず、被告ミーチャは、裁判に不快な印象を与えるしゃれた身なりで現れ、殺人と父の金の強奪について無罪を主張した。次に、検事側の証人は、元下男グレゴーリー、ラキーチン、二等大尉スネギリョフ、旅籠屋の主人トリフォーン、二人のポーランド人で、それぞれ被告の有罪を主張した。それに対して、弁護士は、証人たちを道義的に暴き証言の信憑性を崩していった。

さらに、被告に対する3人の医師の医学鑑定が発表され、信頼あつい地元の医師とモスクワから来た医学博士の二人は、被告は正常でないと診断した。それに対して、若い医師のみが完全に正常な状態と診断し、その場の誰もが彼の意見に同意した。

次に、被告と親しい人々が証言した。

まず、アリョーシャが父親を殺したのは兄ではないと断言、証拠として顔つきを挙げる。犯人はスメルジャコフと証言した。さらに、カテリーナがミーチャから5000ルーブルもらった過去を明かす。グルーシェニカは、昨日首をくったスメルジャコフから、フョードルのところに3000ルーブル入った封筒があると聞いたと証言する。イワンはスメルジャコフから受け取った札束を取り出し、親父を殺したのは彼で、自分が殺しをそそのかしたと自白する。

最後に、カテリーナが再度証言に立ち、ミーチャが犯人だと言い出す。証拠として、犯行の2日前に被告によって書かれた殺人の計画書の手紙を出し、3000ルーブルを彼に渡したと証言。ミーチャは、泥酔状態の自分が書いたと認める。証人尋問のあと、検事イッポリートの論告が行われる。この裁判の9ヶ月後、彼は悪性の肺結核で死亡した。有罪を心から信じ、「制裁」を訴え、「社会を救いたい」という要求に心を震わせた感情的な論告であった。もう一人の容疑者スメルジャコフには動機がないと主張した。

最後に弁護人の弁論が行われる。まず、多くの証拠の中で、批判に耐えるような事実はただの一つもないことを克明に指摘したうえで、検事の述べた心理学は両刃の剣であり、都合のいい結論が導き出せると論破してゆく。

お金の強奪に関しては、宛名の入った封筒の切れ端のみが、唯一の切り札であり、その証言をした復讐を胸に秘めた女性（カテリーナ）の危険性を指摘した。さらに、殺人も否定。犯行当時居合わせたのは5人のうち、容疑者は被告とスメルジャコフの二人であるが、犯人はスメルジャコフであり、金に対する恐ろしいほどの渇きが、完全犯罪の思惑と一体になって実行したと結論した。弁護を傍聴していた女性たちは無罪を確信、男性たちもきわめて多くの者が無罪を確信した。陪審員は1時間で協議を終え、有罪を告げる。

場内は恐ろしい混沌と化し、判決の発表が明日に延期になったところで終わる。

（要約・佐伯鈴乃）

■裁かれる者

『カラマーゾフの兄弟』が書かれた1879年は日本の明治12年に当たり、これは日本の裁判の歴史において画期的な出来事が起こった年です。明治政府は1月4日、太政官布告第1号によって平安時代から実施されていた「さらし首」（梟首刑）を廃止しました。明治初期の日本に、近代的な法体系はまだ根づいていなかったわけです。

江戸時代の大岡越前や遠山の金さんをみなさんよくご存じだと思います。一度冷静に考えてみると、お白洲にいる大岡越前や遠山左衛門尉は裁判官であり検察官です。では弁護士はどこにいる？　あの裁きの場に弁護士はいません。

裁判官と検察官が一体化したあの場で重視されるのは、物証ではなく自白。判決理由は客観証拠ではなく、まさに時代劇に出てくるような「不届至極《ふとどきしごく》」といった裁判官の心証主義に基づくものです。

鎖国を解いてヨーロッパ諸国と外交関係を持ち始めたとき、日本は心証主義ではなく法律に基づいた裁きを行う必要に迫られます。さらし首は、いわば外圧によって廃止されたと言ってもいい。当時の日本と比べるとロシアのほうがずっと近代的だったことをふまえて読むと、法廷の場面を詳細に描いたこの編の面白さも増すでしょう。

最後に父親殺しの罪を犯していないミーチャの有罪が告げられ、20年のシベリア送りの刑（流刑）が確定します。

本編 V

18 エピローグ

「カラマーゾフ万歳!」

■未来へ

『カラマーゾフの兄弟』は、「エピローグ付、四部からなる長編小説」。最終巻の5巻に、「1　ミーチャの脱走計画」「2　一瞬、嘘が真実になった」「3　イリューシャの葬儀。石のそばの挨拶」のそれぞれ短い三つの話が、「エピローグ別巻」として収められています。

先にも触れた通り、『カラマーゾフの兄弟』は未完の小説です。ドストエフスキーが構想していたであろう続編への布石やヒントを感じられるのがこのエピローグ。要約を読んでいきましょう。

エピローグ要約

公判が終わった5日後、アリョーシャはカテリーナの家に行き、ドミートリーを見舞ってほしいと願い入れる。そこではイワンが別室で意識不明のまま横になっていた。イワンは公判の前日、自分の病気を察知してドミートリーの脱走計画をカテリーナに託していた。これを受け取ったとき、カテリーナは本当に愛しているのはイワンでドミートリーではないことを伝えたいあまりに、脱走計画に喜ぶことができず腹を立ててしまったという。今はイワンにも見捨てられそうな不安を抱いている。さらにドミートリーへの憎悪は、グルーシェニカに対する憎しみからくるものであると主張する。一方、アリョーシャは、ドミートリー自身、カテリーナを傷つけてきたことにショックを感じているため、会って目を合わせるだけでいいから訪ねてほしいと説得した。

熱病のため囚人病棟に収容されたドミートリーを訪ねたアリョーシャは、脱走計画を検討しても罪ではなく、自分は非難しないと話した。今後の流刑という大きな苦しみを背負って殉教してもドミートリーが救われるわけではないという考えを明らかにするが、これに対して、ドミートリーの考えは逃亡後グルーシェニカとアメリカへ行き、アメリカ人になってロシアに戻ってくる、という進んだ発想だった。アリョーシャはこれを承諾した。

そこへ許しが欲しいとカテリーナが来た。ドミートリーに会いに来たのは自分を罰するためであると話した。カテリーナもドミートリーも「愛が終わった」ことに酔いしれ、カテリーナにとってドミートリーは神であり喜びである、ドミートリーが公判のときカテリーナを愛したのは永遠だったと言い合い、アリョーシャを気まずくさせた。ドミートリーが、自分が父殺しをしたと本気で思っているかとカテリーナに質問すると、カテリーナは自分の憎しみがそう自分を信じさせたかもしれず、ゆえに自分を罰したいと話した。

そこへグルーシェニカが来て、カテリーナを大口叩いて非難した。カテリーナはその場を去る。ドミートリーはグルーシェニカを非難し、アリョーシャはグルーシェニカを擁護する。アリョーシャは去ったカテリーナを追いかけるが、カテリーナはグルーシェニカの前だと自分を罰せないと言った。

この日の翌日に「あかすり」こと、二等大尉スネギリョフの息子イリューシャの葬儀があった。イリューシャは公判の3日後に死んでいた。葬式代と墓代はカテリーナが払った。

葬式でみんなが集まったとき、アリョーシャのことを慕うませた少年コーリャは、ドミートリーが本当に父親殺しをしたのか尋ねた。兄に罪はないと答えたアリョーシャに対し、コーリャは無実の罪で犠牲になるドミートリーを賞賛した。自分は人類のために死ぬことを願っていると話した。それに賛同する少年もいた。

葬式では憔悴しきったイリューシャの家族がいる。父親のスネギリョフは教会の墓地になど息子を埋めたくない、自分たちの石のそばに埋めたいと駄々をこねた。墓にはスズメがいつも来てくれるように、息子が生前パンをまいてくれるよう頼んだことも話した。葬儀では『使徒行伝』が読み上げられた。カテリーナが墓代を出していたため、墓は礼拝堂近くのいい場所にあった。埋葬以降、父親スネギリョフは号泣したり、墓にパンをまいてみたり、家にいる母親に花を持って行かなければと足早に家に向かったり、そうかと思うと墓の方向へ戻ったりと悲しみ露わに取り乱した。アリョーシャと少年たちは、それについていっては終始スネギリョフを制したり支えたりした。

道すがら、少年たちは石を見つけた。スネギリョフが、イリューシャをその下に葬ろうとした石である。ふとアリョーシャは父親のために闘ったイリューシャの記憶に心動かされ、これから別々の道を行くみんなに向かって別れの言葉を言う。父親想いだったイリューシャにかけて、アリョーシャは、人間は何らかの子ども時代に培われた「神聖な」思い出に支えられていることを話した。人間はときに善良で立派なものをあざ笑う浅はかさがあるが、みんなでイリューシャを弔ったことを心にとどめ、善良で正直でいることをここで誓おうと話した。コーリャはじめ少年らはそれを熱烈に歓迎し、アリョーシャを慕い、「カラマーゾフ万歳！」と叫んだ。

（要約・湊有子）

■神を信じるテロリスト

「カラマーゾフ万歳！」ってどういう意味だろう？　ここでコーリャをはじめとする子どもたちは、明らかにアリョーシャを称えています。

「永遠に、死ぬまで、こうして手をとりあって生きていきましょう！　カラマーゾフ万歳！」

コーリャがもういちど感激して叫ぶと、少年たちはみな、ふたたびその叫びに声を合わせた。

［5巻63ページ7行］

コーリャははじめカラマーゾフ家に良い印象を抱いていなかった。だから、アリョーシャと出会ったとき彼の指を噛みました。しかし、今はアリョーシャを慕っている。崇拝していると言ってもいいでしょう。

この先、コーリャがアリョーシャを慕う気持ちがさらに高まり一つの集団をつくったとき、コーリャの暴走をアリョーシャが止められるかどうか、少し不安があります。そうすると、イワンとスメルジャコフが精神的な双子であるという構造が、アリョーシャとコーリャのあいだでも生まれるかもしれません。神を信じないイワンとスメルジャコフとは真逆の、神を信じるバージョンの精神的な双子です。

神を信じる人たちが絶対に正しいと信じるものに向かっていくのは、神を信じない人たちの行動より質が悪くなる可能性がある。今後、コーリャが物語の鍵となる人物なのは間違いなく、コーリャと心が結びついた純粋なアリョーシャの想いが社会に向かうとどうなるでしょうか。自分の魂はつぶれて地獄に落ちるとしても、世の中の人々を救うために尽くすのだという方向に進むでしょう。それは革命運動やテロリズムを予感させます。

アリョーシャの本性は、ドストエフスキーが想定した続編「第二の小説」で明らかになるはずでした。非常に自堕落な生活を余儀なくされるという可能性もあるし、革命家として行動を起こす可能性もある。私は、アリョーシャはテロリストになるのではないかと想像しています。

ロシアの作家サヴィンコフが、ロープシンの筆名で『蒼ざめた馬』という小説を残しています。サヴィンコフはテロリストで、この小説は自身のテロ活動を顧みて書いたものです。彼自身はソビエト政権によって殺害（公式には自殺）されてしまいますが、そうしたロシアの社会的な文脈をふまえて『カラマーゾフの兄弟』を読むと、世界がグッと広がります。

■謎

『カラマーゾフの兄弟』をみなさんと一緒に読み通したところで、もう一度1巻の序文「著者より」に立ち返ってみましょう。

わたしの主人公、アレクセイ・カラマーゾフの一代記を書きはじめるにあたって、あるとまどいを覚えている。それはほかでもない。アレクセイ・カラマーゾフをわたしの主人公と呼んではいるものの、彼がけっして偉大な人物ではないことはわたし自身よくわかっているので、たとえば、こんなたぐいの質問がかならず出てくると予想できるからである。

(中略) 要するに彼は、たぶん実践家ではあっても、あいまいでつかみどころのない実践家なのである。

［1巻9ページ2行］

ドストエフスキーは、アリョーシャが社会運動に身を投じたあと、再び信仰の道に立ち返るような構成を考えていたのだろうと思います。ですが、作家本人が執筆途中に死んでしまったのだから、結末は誰にもわからない。ドストエフスキーの中でも構想が固まらないうちに命が絶えてしまった可能性もあります。だからこそ、謎がたくさん残るという形で物語は終わります。

ドストエフスキーはこの序文で、「当の伝記作者であるわたしが」アリョーシャという主人公の小説を書くと言っていますが、全体を読み終えたとき「本当にそうだったろうか？」と不思議な感覚に陥った人もいるのではないでしょうか。物語を語っているのはいったい誰だったのだろうかと。

大審問官の物語詩はイワンがアリョーシャに語って聞かせるという体裁ですが、しだいに大審問官その人本人が語っているかのようにわれわれは感じ、感情移入していきます。読者は受動的に物語を享受しながら、単に向こう側で起きている物語を見ているだけではなく、自分も物語の中に入っていきます。

オンラインサロンの受講者からは、カラマーゾフ家にまつわるこの事件が起きた村に住んでいる古老が、かつての事件を振り返って物語を語っているかのように感じたというユニークな声が聞かれました。読者である自分も、みんなと一緒に炉端を囲んで古老の話を聞いているかのように感じるというのです。これもまた、物語の中に入り込んでいることを示すエピソードでしょう。

これは私の解釈ですが、ドストエフスキー独自の視点と登場人物の視点が入り混じっているところがあると思う。たとえば、ミーチャに対しても、あるいはヒョードルについてもドストエフスキーの視点が入り込む。ドストエフスキーはさまざまな視点を行ったり来たりすることで、物語を立体的に構築しようとしているのでしょう。

語り部がコロコロと変わることで、われわれは時折ふいに物語の全体像を見ることになり、知らず知らずのうちに語り手の中に組み込まれていく。大審問官を肯定しているのか否定しているのかもよくわからないし、ミーチャの裁判でもさまざまな人たちの語りの洪水で混沌とします。結局、ドストエフスキーが何を考えてこの小説を書いていたのか。その謎に翻弄され、身を任せながら、謎を謎のまま受け入れることが『カラマーゾフの兄弟』の醍醐味だと言えるでしょう。

青春新書
INTELLIGENCE

こころ涌き立つ「知」の冒険

いまを生きる

"青春新書"は昭和三一年に——若い日に常にあなたの心の友として、その糧となり実になる多様な知恵が、生きる指標として勇気と力になり、すぐに役立つ——をモットーに創刊された。

そして昭和三八年、新しい時代の気運の中で、新書"プレイブックス"にその役目のバトンを渡した。「人生を自由自在に活動《プレイ》する」のキャッチコピーのもと——すべてのうっ積を吹きとばし、自由闊達な活動力を培養し、勇気と自信を生み出す最も楽しいシリーズ——となった。

いまや、私たちはバブル経済崩壊後の混沌とした価値観のただ中にいる。その価値観は常に未曾有の変貌を見せ、社会は少子高齢化し、地球規模の環境問題等は解決の兆しを見せない。私たちはあらゆる不安と懐疑に対峙している。

本シリーズ"青春新書インテリジェンス"はまさに、この時代の欲求によってプレイブックスから分化・刊行された。それは即ち、「心の中に自らの青春の輝きを失わない旺盛な知力、活力への欲求」に他ならない。応えるべきキャッチコピーは「こころ涌き立つ"知"の冒険」である。

予測のつかない時代にあって、一人ひとりの足元を照らし出すシリーズでありたいと願う。青春出版社は本年創業五〇周年を迎えた。これはひとえに長年に亘る多くの読者の熱いご支持の賜物である。社員一同深く感謝し、より一層世の中に希望と勇気の明るい光を放つ書籍を出版すべく、鋭意志すものである。

平成一七年　　刊行者　小澤源太郎

著者紹介
佐藤 優〈さとう まさる〉
1960年東京都生まれ。作家、元外務省主任分析官。85年、同志社大学大学院神学研究科修了。外務省に入省し、在ロシア連邦日本国大使館に勤務。その後、本省国際情報局分析第一課で、主任分析官として対ロシア外交の最前線で活躍。2002年、背任と偽計業務妨害容疑で逮捕、起訴され、09年6月有罪確定。現在は執筆や講演、寄稿などを通して積極的な言論活動を展開している。

これならわかる
「カラマーゾフの兄弟《きょうだい》」

青春新書
INTELLIGENCE

2023年8月15日　第1刷

著　者　佐藤《さとう》　優《まさる》

発行者　小澤源太郎

責任編集　株式会社プライム涌光
電話　編集部　03(3203)2850

発行所　東京都新宿区若松町12番1号 〒162-0056　株式会社青春出版社
電話　営業部　03(3207)1916　振替番号　00190-7-98602

印刷・中央精版印刷　製本・ナショナル製本

ISBN978-4-413-04675-6